BÖSER BOSS

GEBRÜDER BRATVA BUCH ZWEI

WILLOW FOX

SLOWBURN
PUBLISHING

ÜBER DIESES BUCH

Eine Dunkelheit umgibt ihn, und ich sollte mich so weit wie möglich von Luka Ivanov fernhalten.

Vor drei Jahren brachte ich nach einer betrunkenen Eskapade mit einem mysteriösen russischen Barkeeper, Luka, ein kleines Mädchen zur Welt.

Zumindest dachte ich, dass er der Barkeeper ist.

Als ich zurückkam, um ihm zu sagen, dass ich schwanger bin, wusste niemand, wer er war.

Ich habe weitergemacht... welche andere Wahl hatte ich denn?

Die Hochzeit rückt schnell näher und ich bin mit Mark verlobt, einem Mann, den ich nicht liebe.

Versteht mich nicht falsch. Er ist süß und nett, aber ein wenig zu süßlich für meinen Geschmack. Ich mag meine Männer lieber dunkler, hinterhältiger und mit etwas Biss. Mark ist so einfach wie nur möglich.

Aber ich habe mich entschieden, weil es das Beste für meine Tochter Bay ist. Sie braucht Stabilität, und ich möchte ihr das beste Leben bieten.

Als meine Arbeitskollegin über ein Foto meines heißen Fehlers stolpert, gesteht Madisyn, dass sie den Russen kennt, der mich geschwängert hat. Ich bitte sie, uns einander vorzustellen, aber sie muss schwören, ihm mein Geheimnis nicht zu verraten, bevor ich das tue.

Böser Boss ist ein eigenständiger Liebesroman mit einem Happy End. Es ist das zweite Buch der Gebrüder Bratva Serie.

EINS

Luka

Die Brünette auf der anderen Seite der Bar starrt auf ihr Handy und scrollt durch den Newsfeed. Ihr Barhocker dreht sich, während sie sich Hin und Her bewegt, unfähig, stillzusitzen.

Das Mädchen leuchtet förmlich. Sie wirkt strahlend und sexy in ihrem trägerlosem, dunkelroten Kleid.

Ich möchte es ihr am liebsten vom Leib reißen.

Hat sie ein Date hier, oder trifft sie sich nur mit Freunden? Ein Mädchen wie sie taucht nicht allein auf. Nicht, wenn sie klug ist und auf Nummer sicher gehen will.

Ich bin nicht hier, um Frauen aufzureißen, obwohl die Brünette meinen Blick auf sich gezogen hat. Ich kann mich nicht von ihr abwenden.

Ich bin mit Mikhail hier, um zu trinken und zu entspannen, solange die Nacht noch jung ist. In der Bar wird es lauter, als sich der Raum füllt.

Ich beobachte sie aus der Ferne. Ich kann meinen Blick nicht von ihr abwenden, aber sie hat nicht einmal aufgeschaut oder einen Blick in meine Richtung geworfen.

Sie ist auf ihr verdammtes Handy fixiert.

Was ist nur mit den Kindern los heutzutage? Okay, eigentlich ist sie kein Kind mehr. Sie hat beim Betreten des Lokals einen Ausweis erhalten und ist somit mindestens einundzwanzig Jahre, aber sie ist noch jung. Sie könnte vielleicht auch fünfundzwanzig sein, aber ich kann das Alter einfach nicht schätzen. Aber sie ist auf keinen Fall auch nur annähernd so alt wie ich, sie ist nicht einmal dreißig, und ich bin ein paar Jahre unter vierzig.

Wann bin ich so verdammt alt geworden?

Der Gedanke, sesshaft zu werden, ist für mich nicht existent. Ich bin nicht der Typ Mann, der eine Familie gründet. Das würde nur ihr Leben gefährden. Ich gehe keine romantischen Beziehungen ein.

Ich genieße meine Jugend, oder zumindest das, was von ihr übrig ist, und falle in die Betten fremder Frauen, um ihnen zu zeigen, wie es ist, geschändet zu werden.

„Drinks?", fragt Mikhail.

„Geht klar", sage ich. Ich weiß, was er mag, und gehe zur Bar. Es gibt kaum Platz zum Stehen, und der Barkeeper verschwindet hinten im Raum. Macht er eine Zigarettenpause?

Ich atme einen schweren Seufzer aus. Wenn das so weitergeht, werde ich den ganzen Abend darauf warten, einen Whiskey zu bestellen.

Ich warte nicht, und frage auch nicht um Erlaubnis. Ich trete hinter den Tresen, als würde mir der Laden gehören, und schnappe mir zwei Gläser und den besten Whiskey im obersten Regal.

„Ich hätte gerne einen Fuzzy Navel", sagt die Brünette. Ihr Tonfall ist etwas schroff und sie blickt schließlich von ihrem Handy auf. Das Mädchen hat die blauesten Augen, die ich je gesehen habe.

Ich gieße Mikhail den Drink aus und schaue zu ihr hinüber. „Du hast den ganzen Abend telefoniert", sage ich.

Sie presst ihre Lippen fest aufeinander. „Du hast mich beobachtet?" Sie zuckt zusammen, als wenn sie sich unter meinem Blick unwohl fühlt, als würde ich sie verurteilen.

Ich schnappe mir ein leeres Glas und die Zutaten, um ihre Getränkewünsche zu erfüllen.

Es hat keinen Sinn, zu lügen. Ich muss zugegeben, dass ich bemerkt habe, dass sie sehr beschäftigt und allein ist. „Es ist schwierig, die schönste Frau in der Bar nicht zu bemerken", sage ich und schiebe ihr den Drink über den Tisch. „Das geht auf mich", sage ich.

Ich trage die Getränke, die ich Mikhail und mir eingeschenkt habe, zu unserem Tisch.

„Du hast lange genug gebraucht", murmelt Mikhail.

„Tut mir leid, ich habe mich von der sexy Brünetten ablenken lassen, die allein trinkt."

Mikhail versucht gar nicht erst, diskret zu sein, als er an mir vorbei zu dem Mädchen in dem scharlachroten Kleid blickt. „Sie ist ein guter Fang, jung. Aber du bist immer hinter Mädchen her, die halb so alt sind wie du."

„Und du nicht?"

Mikhail ist kein Heiliger. „Wir reden nicht über mich", sagt er und nimmt einen Schluck von seinem Whiskey. „Du willst mit ihr nach Hause gehen." Das ist keine Frage. Er kennt die Antwort bereits. Es geht aber nicht darum, was ich will. Ich bin hier, um auf ihn aufzupassen, damit er eine gute Zeit hat und sicher nach Hause kommt.

Ich mache mir keine Sorgen, dass er nüchtern nach Hause fährt. Er ist Bratva und der Pakhan, der Anführer. Mein Chef und Mentor. Worüber ich mir Sorgen mache, sind die italienische Mafia und das kolumbianische Kartell. Unsere beiden größten Feinde könnten uns jeden Moment auf den Fersen sein.

Ich muss wachsam sein und Mikhail beschützen. Ich bin sein Leibwächter, und wenn ich nicht bei ihm bin, behält Nikita ihn im Auge.

„Geh und rede mit ihr. Ich komme schon klar. Der Ort ist überfüllt, aber friedlich."

Er meint damit, dass heute Abend keiner unserer Feinde hier trinkt. Ich bin dankbar dafür. „Wenn du darauf bestehst", sage ich und warte nicht darauf, dass Mikhail seine Meinung ändert. Ich werfe ihm die Schlüssel zu. Er wird sie benötigen, um heute Abend nach Hause zu kommen.

Ich kann ein Taxi oder eine Mitfahrgelegenheit anrufen, um zurück zum Gelände zu kommen. Ich habe mein Handy in der Tasche meines Anzugs und mein Portemonnaie in meiner Hose. Für die Bar bin ich zu gut angezogen , aber ich habe meine Anzugsjacke ausgezogen und sie mir über den Arm gehängt.

Ich bleibe nicht länger als ein paar Sekunden bei Mikhail am Tisch sitzen, trinke meinen Whiskey aus und gehe zurück zur Bar.

Der Barkeeper ist immer noch nicht in Sicht. Ist er abgehauen?

Zwei blaue Augen blicken von ihrem Telefon auf, als ich auf die Bar zusteuere. „Ich könnte noch einen von diesen hier gebrauchen", sagt sie. Als ob ich mir merken könnte, was sie bestellt hat.

Wenn ich Barkeeper wäre, bin ich mir nicht sicher, ob ich mir die Getränke aller Kunden merken würde. Aber es war nur ein Extra, das ich mir merken musste. Und sie ist unvergesslich.

„Ein Fuzzy Navel", sage ich und schlüpfe hinter den Tresen. Ich mixe ein zweites Glas und schiebe es ihr zu, bevor ich auf die andere Seite komme. „Wo ist dein Freund?", frage ich.

Sie hebt das Glas an die Lippen und schaut zu mir rüber. „Du meinst meinen Freund, der mich versetzt hat?" Sie deutet auf das Pärchen, das ein paar Meter weiter an der Wand rummacht.

„Die sollten sich ein Zimmer nehmen", sage ich.

Sie kippt ihren Drink hinunter und steht dann auf. „Ich sollte Schluss machen für heute und einfach gehen."

„Die Nacht ist noch jung. Es ist Freitag, und was hast du geplant, wenn du nach Hause kommst?" Ich stelle mir vor, wie sie ins Bett klettert und allein einschläft.

„Ein heißes Schaumbad, wenn ich jetzt gehe", sagt sie und schaut auf ihre Uhr. Sie weicht meinen heißen Blicken aus und ihre Wangen brennen, je länger ich Blickkontakt zu ihr habe.

Es ist schwierig, sich bei dem Lärm der Menschenmenge zu verständigen. Ich beuge mich vor und streife mit meinen Lippen ihr Ohr. „Und was würdest du heute Abend lieber tun?", frage ich und stelle sicher, dass sie mich hören kann.

Ich schwöre, ich spüre, wie sie zittert.

Ihr Atem geht tiefer und ihre Augen verfinstern sich, als sie in meinen Blick starrt. „Nein", sagt sie mit fester Stimme.

Sie schluckt und leckt sich über die trockenen Lippen. Ein leiser Lufthauch strömt aus. „Musst du nicht als Barkeeper arbeiten?"

Ich werfe einen Blick in Richtung Bar und schenke ihr ein preisgekröntes Grinsen. „Ich glaube, die haben das im Griff."

Sie rutscht auf dem Hocker hin und her und ich schwöre, dass sie ihre Innenschenkel aneinander reibt, leicht wippt und genau an der richtigen Stelle Druck ausübt.

Ich verheddere meine Finger in ihrem Haar und streiche ihr die Locken in den Nacken. Meine Berührung ist sanft und beruhigend. „Du wärst jetzt also lieber in einem Schaumbad als hier, um die Musik und die Atmosphäre zu genießen?", flüstere ich.

„Es ist gar nicht so schlecht", gesteht sie.

Ein Grinsen breitet sich auf meinem Gesicht aus. „Gut. Willst du Billard spielen? Ich kann es dir zeigen, wenn du noch nie gespielt hast."

„Klar."

„Ich bin Luka", sage ich und stelle mich vor.

„Hannah."

Ich nehme ihre Hand und führe sie vom Hocker. Es ist schon eine Weile her, dass ich gespielt habe, aber ich kann sie beeindrucken, selbst wenn sie eingerostet ist.

Ich greife nach der Triangel und bereite den Billard-Tisch vor. „Hast du schon mal gespielt?", frage ich.

„Ein oder zweimal."

Ich nehme die Bälle und lege sie in den Ständer, um das Spiel vorzubereiten. „Willst du den Anstoß machen?", frage ich.

„Dann fange ich an?", fragt sie neugierig.

Ich habe das Gefühl, dass sie mit mir spielt. Ob ich eine Wette mit ihr abschließe, um vorzuschlagen mit ihr auszugehen wenn sie gewinnt, aber ich verabrede mich eigentlich nicht. So bin ich nun mal.

„Okay", sagt Hannah.

Ich sammle die Queue-Stöcke ein und gebe ihr einen. Ich schnappe mir die Kreide und zeige ihr, wie man sie auf die Spitze des Queues aufträgt, bevor ich ihr die Kreide gebe.

„Der 8er Ball darf erst am Ende gespielt werden. Und du musst die Bälle ankündigen, in welches Loch du sie versenken willst."

„Das sind eine Menge Regeln, die du dir merken musst." Sie stellt ihr leeres Glas auf einen anderen Tisch ab.

„Willst du noch etwas trinken?", frage ich.

„Möchtest du mich aufmuntern, damit ich verliere?"

Ich kichere leise vor mich hin. „Ich habe nie gesagt, dass ich ein Gentleman bin."

Sie beißt sich auf die Unterlippe, bereitet ihren Schlag vor und sieht mich über ihre Schulter an. „Wenn ich gewinne, zahlst du die nächste Runde Drinks."

Mit dieser Wette kann ich leben. „Die Wette gilt."

Das Mädchen ist knallhart und ein Pool-Hai. Ich bekomme nicht einen einzigen Stoß. Sie stößt eine Kugel nach der anderen ein, holt sich eine zweite, eine dritte und eine vierte Runde, bevor sie das Loch für die achte Kugel ruft.

Ich verliere nicht gerne, schon gar nicht gegen ein Mädchen. „Kaum zu glauben, dass du nur ein- oder zweimal gespielt hast."

„Ein oder zweimal pro Woche", sagt Hannah, nachdem sie diese wichtige Information vorhin ausgelassen hat.

„Was trinkst du?", frage ich. Ich habe nicht vor, in der nächsten Runde nachsichtig mit ihr zu sein. Sie ist gut, aber ich verliere nicht.

„Dasselbe wie vorhin", sagt sie.

Ich lasse sie nicht gerne allein, nicht einmal für eine Minute. Ein anderer Mann könnte hereinstürmen und ihre Aufmerksamkeit erregen. Ich beeile mich und eile zur Bar, um ihr noch einen Fuzzy Navel zu bestellen. Sie ist auf der anderen Seite des Raumes, und es ist schwierig, sie in der Menge zu sehen.

Ich bin so schnell wie möglich zurück, und schon versucht ein Trottel, um ihre Zuneigung zu buhlen. Keine Chance, Kumpel.

„Du bist heiß", sagt der kleine, blonde Fremde und starrt Hannah an.

Mein Atem streichelt ihr Ohr, während ich mich zu ihr lehne, damit der Idiot, der um ihre Aufmerksamkeit buhlt, mich hören kann. „Hey, Baby. Hier ist dein Drink", sage ich und reiche ihn ihr.

Ich lege meine Hand besitzergreifend auf ihren unteren Rücken. Sie gehört mir nicht, aber das will ich heute Abend ändern.

„Danke", sagt sie erleichtert und nippt an ihrem Getränk.

Als der Typ, der nur einen Meter entfernt steht, den Wink nicht verstanden zu haben scheint, packt sie mich an der Krawatte und zieht meinen Kopf zu ihren Lippen hinunter.

Ihre Dreistigkeit überrascht mich, aber es ist erfrischend, auch wenn sie es nur tut, um den bedauernswerten Mann loszuwerden, der versucht, mit ihr zu flirten.

Sie ist das schärfste Mädchen im Raum. Ich kann froh sein, dass sie mir nicht gesagt hat, ich soll weggehen. Sie ist eine Nummer zu groß für mich.

Ihre Lippen bedecken meine, und ich ziehe sie fester und näher zu mir heran. Ich will sie verschlingen.

Mit meinen Händen ziehe ich sie immer fester an mich heran. Sie schmeckt nach Erdbeeren, und ich bin am Verhungern.

Die Musik dröhnt laut von oben, der Takt ist schnell und rasant und es fällt mir schwer, mich zu konzentrieren, während mein Herz pocht, weil ihr Mund sich an meinem festklammert. Ich will sie ficken, aber nicht hier. Sie ist zu gut für die Toilette oder ein kurzes Schäferstündchen in einer Gasse.

Das Mädchen trägt Raffinesse wie eine Krone, und sie ist Königin.

Unsere Küsse sind fieberhaft und voller Leidenschaft. Mit jedem Atemzug, der zwischen uns ausgetauscht wird, fühlt es sich in meinem Kopf an als würde ich hoch über den Wolken schweben. Es ist fast so, als wäre sie eine Droge und ich ein Süchtiger.

Hannah zieht sich schließlich zurück und fährt sich schwer atmend mit einer Hand durch ihr ungekämmtes Haar. „Danke."

„Für den Drink oder dafür, dass ich dir geholfen habe, diesen Idioten loszuwerden?"

Ihre Wangen brennen, und sie lächelt schwach und blickt zu Boden. Ist ihr der Kuss peinlich? Welcher vernünftige, heißblütige Mann würde sie nicht küssen wollen?

„Gern geschehen", sage ich und benötige keine weitere Erklärung. „Wie wäre es mit einer weiteren Runde Billard?" frage ich.

„Lass mich raten, du willst zuerst spielen?"

„Das ist nur fair, weil ich nicht zum Zug gekommen bin."

Sie führt das Glas an ihre Lippen und nimmt einen Schluck. „Klar, du kannst versuchen, mich zu schlagen."

Herausforderung angenommen.

Hannah hebt ihr Handy hoch und entsperrt die Kamera-App. „Komm her", sagt sie und nimmt einen weiteren Schluck ihres Getränks, bevor sie es auf den Rand des Billardtisches stellt.

Ich schüttle den Kopf und winke ihr mit dem Finger zu. „Keine Chance." Ich habe meine Gründe, warum ich es hasse, vor einer Kamera zu stehen, aber das muss sie ja nicht wissen.

„Was meinst du mit Nein? Seid ihr drei?" Hannah lacht und packt mich am Arm. „Lächeln."

Sie hebt das Telefon hoch und legt einen Arm um meine Schultern, um mich für ein Foto näher heranzuziehen.

Ich zwinge mich zu einem Lächeln. Es ist nicht so, dass ich die Zeit mit ihr nicht genieße, aber ich weiß nicht, wer das Foto sehen wird, und ich habe alles getan, um nicht aufzufallen.

Hannah wirft einen Blick auf das Bild, glaubt aber nicht, dass es schon langt. „Noch eins", sagt sie und dieses Mal schenke ich ihr ein echtes Lächeln, um sie dazu zu bringen, mit den Fotos aufzuhören. Ich hätte nie gedacht, dass sie der Typ ist, der gerne jeden Moment seines Lebens fotografiert.

Sie knipst zwei Fotos, dann lege ich meine Lippen auf ihre, und sie knipst noch eins. Die Welt um uns herum verschwindet für einen Moment, als ich sie an mich ziehe. Ihr Körper ist warm und schmilzt in meiner Umarmung dahin.

„Willst du von hier verschwinden?", frage ich, als ich den Kuss lange genug unterbreche, um zu sprechen.

Hannah nickt, ich nehme ihre Hand und führe sie zum Eingang hinaus. Als sie ihre Schlüssel heraus holt zittern ihre Hände. „Ich habe das noch nie gemacht."

Mein Gesichtsausdruck muss meine Überraschung verraten. Ist sie eine Jungfrau?

„Ich meine, mit einem Fremden nach Hause zu gehen."

Ich begleite sie nach draußen in die Kälte. Der Frühling steht kurz vor der Tür, aber es fühlt sich noch nicht warm an. „Wir sind nicht ganz fremd. Du kennst meinen Namen." Aber sie hat recht, wir wissen sonst nichts voneinander. Ich weiß, dass sie gut Billard spielt, und wenn wir jemals in einem Team spielen, möchte ich sie in meinem haben.

Hannah ist aufgeregt, und ich bin der Grund für ihre Nervosität.

„Wir müssen das nicht tun", sage ich und lege meine Hände auf ihre. „Wir können einfach Feierabend machen. Genieße den Moment, den wir zusammen hatten."

Sie wimmert leise vor sich hin. „Ich will das. Ich bin einfach nur dämlich nervös."

„Dämlich nervös?" frage ich und mein Grinsen wird noch breiter. „Das ist mir neu." Ich habe noch nie jemanden diesen Ausdruck benutzen hören. Andererseits würden die Mitglieder der Bratva nie zugeben, dass sie nervös sind, und sie sind so ziemlich die einzigen Leute, mit denen ich abhänge.

Hannah ist eine schöne Abwechslung, auch wenn es nur für eine Nacht ist.

Sie hat etwas Unschuldiges an sich. Eine süße Vollkommenheit, und wenn diese einmal zerstört ist, wird es nicht mehr so sein wie vorher.

Wenn wir fertig sind, wird sie nie wieder dieselbe sein.

Ich werde sie auf die bestmögliche Weise ruinieren.

ZWEI

Hannah

Drei Jahre später...

„Diese ganze Hochzeitsplanung ist lästig. Du kannst froh sein, dass du nicht verheiratet bist", sage ich. Ich ziehe meinen Kittel aus. Es ist Freitag und eigentlich sollte ich mich freuen, dass das Wochenende da ist, aber ich muss morgen arbeiten.

Der Arbeitstag ist vorbei, aber ich bin nicht bereit, nach Hause zu gehen und Mark oder meinem Kleinkind Bay gegenüberzutreten.

Madisyn wirft mir einen Blick zu. „Deine Hochzeit zu planen, sollte doch Spaß machen."

„Nun, das tut es nicht. Mark möchte sich nicht einmischen. Er überlässt alles mir, was gut ist, weil wir uns dann nicht streiten, aber ich finde es auch anstrengend. Manchmal wäre es schön, wenn jemand anderes als ich eine Meinung zu den Hochzeitsangelegenheiten hätte."

„Nicht, dass ich jemals eine Hochzeit geplant hätte, aber ich bin sicher, dass ich deine Lieferanten für den großen Tag überprüfen kann", sagt Madisyn.

Ich glucke leise vor mich hin. „Was willst du tun, sie überprüfen? Das klingt ein wenig drastisch, Madisyn, selbst für dich."

„Ich meinte damit, dass ich mir ihre früheren Kunden und Bewertungen ihrer Dienstleistungen ansehe. Oder ich komme einfach mit dir mit", sagt Madisyn. „Ich verspreche dir, dass ich dir nur Ratschläge gebe, wenn du sie brauchst."

„Bist du so verzweifelt, dass du von deinem Freund weg willst, mit dem du gerade zusammengezogen bist - wie heißt er noch mal?", frage ich.

„Mikhail", sagt sie und ihre Wangen werden rot. „Und nein, ich biete dir meine Hilfe an, weil ich wirklich für dich da sein möchte. Du bist eine gute

Freundin für mich und ich möchte mich revanchieren."

„Das ist süß. Aber wenn du für mich da sein willst, wie wäre es, wenn du mir sagst, wo du in den letzten zwei Monaten warst?" Ich bin neugierig, warum sie aus heiterem Himmel von der Arbeit verschwunden ist. Sie war nicht krank, aber vielleicht hatte sie einen privaten Kunden, um den sie sich auf Ersuchen des Concierges kümmerte? Niemand auf der Arbeit wusste, wohin sie in den letzten Wochen verschwunden war.

Aber soweit ich weiß, hat sie ihren Job behalten und wurde nicht gemaßregelt. Ich kam nicht umhin, mich zu fragen, worauf sie sich da eingelassen hat.

„Du würdest mir nicht glauben, wenn ich es dir sage", sagt Madisyn.

„Versuch es doch." Ich verschränke meine Arme vor der Brust. Wenn wir Freunde sind, verdiene ich dann nicht die Wahrheit?

„Ich habe früher für das FBI gearbeitet. Dieser Job war nur eine Tarnung."

Das kann nicht ihr Ernst sein.

Madisyn grinst zwar nicht, aber das ist die dümmste Ausrede, die ich je gehört habe. Sie ergibt nicht einmal einen Sinn! „Gut, dann sagst du mir eben nicht die Wahrheit." Ich ziehe meine schwarzen Winterstiefel an und schnüre sie fest zu. Es hat keinen Sinn, länger als dreißig Sekunden wütend auf sie zu sein. Das geht nur sie etwas an. Wenn sie es mir nicht sagen will, sollte ich ihre Privatsphäre respektieren.

„Wir sollten nach der Arbeit etwas trinken gehen. Ich will unbedingt tanzen gehen und mir einen Abend freinehmen. Mark hat mir einen Mädelsabend erlaubt. Also musst du mitkommen", sage ich.

Ich wollte schon immer mal einen Abend ausspannen und Madisyn ist die perfekte Person, um mit mir die Welt zu erobern. Außerdem ist Bay jede Nacht mit Albträumen aufgewacht und ich benötige ein paar Stunden Zeit für mich oder mindestens Zeit, um mit meiner neuen besten Freundin zu entspannen.

Schnell zieht sie ihren Kittel aus und stellt mir ein Dutzend Fragen, zum Beispiel, ob ich ihn auf meine Tochter Bay aufpassen lasse.

Natürlich, wer sollte sonst auf sie aufpassen? Er wird ihr Vater sein. Er ist zwar nicht begeistert vom Windeldienst, aber er ist ein verantwortungsvoller Mann.

Außerdem können wir Bay nicht in eine Bar oder einen Nachtclub mitnehmen.

Ich hole mein Handy aus meinem Spind. Ich kann nicht anders, als mit meiner kleinen Tochter zu prahlen, wie sehr sie gewachsen ist und wie bezaubernd sie ist. Das Kind ist die einzige Leistung, auf die ich wirklich stolz bin, weil ich sie allein großgezogen habe.

Madisyn zieht sich ihre Schuhe an, schnappt sich mein Handy und stöbert durch meine Fotos.

„Wehe, du hast da Nacktfotos drauf", warnt sie.

Nacktfotos? Mark würde sich nicht einmal trauen, sein Hemd für ein Foto auszuziehen, geschweige denn nackt zu sein. Er hat zwar einen tollen Körper, aber er macht mehr Probleme als ein Zeitschriften Abo.

„Es ist nichts, was du nicht schon gesehen hast, und nein, Mark ist ein wenig prüde." Ich habe versucht, ihm vorzuschlagen, ein paar unanständige Fotos zu machen und ein paar Spielzeuge im Schlafzimmer auszuprobieren, er lehnt aber alles ab , was ich vorschlage. Er isst auch jedes Mal dasselbe Vanilleeis, wenn wir in der Eisdiele sind.

Ich versuche, nett zu sein. Das ist sozusagen die Untertreibung des Jahrhunderts.

„Das ist aber schade", sagt Madisyn und keucht. Sie lässt mein Handy gegen die Bank fallen, und es schlägt mit einem dumpfen Schlag auf den Boden .

Ich habe das Handy erst vor einem Monat gekauft. Ich gebe ihr einen Klaps auf den Arm. Kann sie nicht vorsichtiger sein? „Madisyn! Wenn du mein Handy ruinierst , bezahlst du für ein Neues."

Madisyn zieht eine Grimasse und bückt sich, um das Handy aufzuheben. Sie dreht es um und begutachtet es. „Wer ist dieser Typ?"

Mein Atem stockt , als sie mir das Selfie von meinem One-Night-Stand zeigt. Luka und ich haben ein gemeinsames Foto geschossen, bevor wir zu mir nach Hause gefahren sind.

Nervös atme ich aus und nehme das Telefon wieder an mich. „Bays Vater. Mein heißes One-Night-Stand. Ich wollte das Bild eigentlich löschen, aber ich dachte, Bay würde es vielleicht eines Tages sehen wollen."

„Und er ist nicht in Bays Leben. Warum nicht?" fragt Madisyn. Sie lässt nicht zu, dass ich diesen schwierigen Fragen ausweiche.

Ich fahre mir mit einer Hand durch meine Haare. In meinem Bauch tanzen viele Schmetterlinge, allein über ihn zu reden, macht mich schon nervös. Außerdem koche ich vor Wut, weil er mich belogen hat und ich darauf hereingefallen bin.

„Der Arsch hat mich angelogen und gesagt, dass er in der Bar arbeitet, in der wir uns begegneten. Ich weiß ja nicht einmal, ob Luka sein richtiger Name ist. Es ist besser so", sage ich und will das Thema wieder loswerden. Ich werde in ein paar Monaten heiraten und Luka wird immer nur eine Erinnerung an die Vergangenheit sein.

Madisyn räuspert sich. „Ich kenne ihn, Hannah. Er arbeitet mit Mikhail zusammen. Sein Name ist Luka Ivanov."

Mir bleibt der Atem weg und ich lasse mich auf die Bank fallen, um eine Minute auszuruhen. „Wie lange?", krächze ich. Schweißperlen stehen auf meiner Stirn, ich lasse den Kopf nach vorn hängen und versuche, durch den Mund auszuatmen, während mein Magen knurrt.

Sie lässt sich neben mir nieder, eine Hand auf meinem Rücken. „Ein paar Monate. Ich hatte keine Ahnung. Was soll ich tun?" fragt Madisyn.

„Mir wird schlecht." Der heutige Abend sollte lustig werden, ein Mädelsabend außerhalb des Hauses.

„Atme einfach tief ein", sagt sie um mich zu beruhigen. „Konzentriere dich darauf, durch die Nase ein- und durch den Mund auszuatmen.

„Das funktioniert nicht." Ich zittere. Mein ganzer Körper ist mit Energie gefüllt, die ich nicht loslassen kann.

Adrenalin.

„Sieh mich an, Hannah." Ihre Stimme ist stark und fest, auch wenn meine Sicht schwankt, ist sie mein Fels.

Ich schaue zu ihr auf und mein Atem beruhigt sich ein wenig.

„Gut", sagt sie. „Jetzt ausatmen."

Ich stoße einen schweren Seufzer aus und streiche mir mit den Händen durch die Haare. Schon fühle ich mich weniger nervös und geerdet.

„Hast du oft Panikattacken?", fragt Madisyn.

„Das war keine..."

Ihr missbilligender Blick zwingt mich, meinen Mund zu halten.

„Nein", sage ich. Ich hätte es nicht als Panikattacke eingestuft, aber es war etwas, das ich nicht noch einmal erleben möchte. „Das tut mir leid."

„Du brauchst dich nicht zu entschuldigen", sagt Madisyn. Sie schnappt sich ihre Handtasche und ihr Handy. „Wie wäre es, wenn wir uns in zehn Minuten unten treffen? Ich will zu Hause anrufen und Mikhail Bescheid sagen, dass ich mich verspäten werde."

„Okay. Kannst du ihm gegenüber nichts von Luka erwähnen?"

Ein breites Grinsen huscht über ihr Gesicht. „Damit wollte ich gerade anfangen. Meinst du, ich sollte es nicht tun?"

Meine Güte, ist die frech. Ich presse meine Lippen zusammen. „Ich weiß, dass du scherzt."

„Entspann dich. Ich werde Mikhail nichts davon erzählen, dass Luka dein Baby-Vater ist."

Ich ziehe eine Grimasse, als sie diesen Begriff benutzt. „Können wir das nicht lassen? Bitte!" Ich stehe auf, greife nach meiner Handtasche und schiebe mein Handy hinein. „Aber eines Tages muss ich mit Luka reden. Aber lass ihn uns nicht meinen Baby-Vater nennen. Okay?"

„Willst du, dass ich ihn heute Abend einlade?", fragt Madisyn.

„Zum Mädelsabend?" Meine Stimme versagt. Das ist eine schlechte Idee. Ich bin nicht bereit, ihn nach drei Jahren wieder zu sehen. Ich habe keine anständigen Klamotten an und meine Haare und mein Make-up sind nicht in Ordnung. Nicht, dass das wichtig wäre. Ich bin zwar verlobt, aber ich möchte trotzdem vorzeigbar aussehen. Okay, nicht, dass ich Madisyn davon erzählen würde, aber ich will umwerfend aussehen, wenn ich mich mit Luka treffe.

Madisyn geht auf die Tür zu. „Wenn ich es mir recht überlege, wäre ich lieber eine Fliege an der Wand, als ein Zuschauer am Tisch. Das könnte brenzlig werden."

Mir fällt die Kinnlade herunter und mir bleiben ihre Worte fast im Hals stecken. Madisyn wird auf keinen Fall dabei sein, wenn ich Luka die Nachricht überbringe, dass aus unserem kleinen Stelldichein neun Monate später ein acht Pfund schweres Mädchen geworden ist.

„Nein, du bist nicht eingeladen, wenn ich Luka sage, dass er Bays Vater ist."

„Na gut", sagt Madisyn und hält ihre Hände hoch, als ob sie sich ergeben würde. Sie klingt nicht im Geringsten beleidigt, ich möchte sie auch nicht beleidigen, aber das ist kein Gespräch, das man mit Freunden führt, wenn man sein One-Night-Stand mit so einer Botschaft überfällt.

„Zehn Minuten?"

„Ja", sage ich und sie geht mit dem Telefon in der Hand hinaus. Ich nehme an, dass sie mit ihrem Freund sprechen wird.

Ich kämme meine Haare und trage ein wenig Lippenstift auf, bevor ich nach unten gehe. Madisyn müsste jetzt fertig sein. Ich werfe einen Blick auf mein Handy. Es gibt keine verpassten Anrufe und keine SMS von Mark. Er ist nicht die Art von Freund, die sich tagsüber meldet oder mir eine SMS schreibt. Ich denke, dass er weiß, dass ich beschäftigt bin und keine Zeit für ein Schwätzchen habe.

Ich wähle sein Handy an und es klingelt dreimal, bevor Mark den Anruf annimmt.

„Alles in Ordnung?", fragt er.

„Ja, ich wollte nur mal Hallo sagen."

„Ich bin gerade ziemlich beschäftigt", sagt Mark. „Bay ist noch im Kindergarten. Ich gehe auf dem Heimweg vorbei und hole sie ab. Ich habe es nicht vergessen."

„Okay, danke." Ich fühle mich immer wie ein Hindernis, wenn ich anrufe.

Er beendet das Telefonat, ohne sich zu verabschieden. „Ja, ich liebe dich auch", murmle ich vor mich hin. Ich versuche, verständnisvoll zu sein. Mir ist klar, dass er viel zu tun hat und dass zu dieser Jahreszeit viel los ist in seinem Job.

Trotzdem ist es scheiße, dass ich mich immer wie an zweiter Stelle fühle, wenn überhaupt, vielleicht sogar an dritter Stelle.

Wahrscheinlich bin ich einfach nur hormongesteuert und benötige eine Nacht ohne Mark, um Spaß zu haben, zu entspannen und um abzuschalten.

DREI

Luka

„Kann ich dich vielleicht überreden, heute Abend auszugehen?", frage ich und stecke meinen Kopf in Mikhails Büro.

„Madisyn wird mich nicht mit dir durch die Stadt ziehen lassen", sagt Mikhail. „Aber sie hat gerade angerufen, dass sie mit einer ihrer Arbeitskolleginnen einen Mädelsabend machen will. Ich möchte, dass du ihr Anstandswauwau bist."

„Anstandswauwau?"

Das ist nicht das, was ich mir für heute Abend vorgestellt hatte: auf seine Freundin aufzupassen und dafür zu sorgen, dass sie keinen Ärger bekommt.

„Du traust Madisyn nicht?" Ich trete weiter in sein Büro und schließe die Tür hinter mir. Sie ist zwar nicht zu Hause, um unser Gespräch zu belauschen, aber ich will nicht, dass andere Männer anfangen zu reden. So verbreiten sich Gerüchte.

Mikhails dunkler Blick wird härter. „Sie ist schwanger, und angesichts des Kartells und der Mafia würde ich mich besser fühlen, wenn sie einen Leibwächter hätte. Außerdem gibt es da draußen genug Widerlinge, um die ich mich sorgen muss. Damit sie nicht versuchen mich zu kriegen. Ich muss wissen, dass sie in Sicherheit ist."

„Sir, ich glaube nicht, dass es ihr gefallen wird, wenn wir bei ihrem Mädelsabend auftauchen."

Versteht er nicht, was der Sinn eines Mädelsabends ist?

Madisyn will in Ruhe gelassen werden, und er muss sich keine Sorgen um ihre Loyalität machen. Das Mädchen ist von ihm fasziniert. Es besteht kein Grund zur Sorge, dass sie sich von ihm abwenden wird.

„Ich habe nicht wir gesagt. Ich sagte du."

Ich murmle vor mich hin. „Toll." Wenn ich Glück habe, wirft sie mir keinen Drink ins Gesicht, aber Madisyn kann etwas hitzköpfig sein und wird es nicht auf die leichte Schulter nehmen, dass ich sie in der Bar beaufsichtigen soll.

„Ich sorge dafür, dass sie nur alkoholfreie Drinks bestellt, Sir." Ich schaue auf meine Uhr. „Weißt du, in welche Bar sie gehen wird?" Das würde es erleichtern, zu wissen, wohin ich gehen muss, um ein Auge auf sie zu haben.

Mikhail wirft einen Blick auf sein Handy und schickt mir die Adresse. „Nimm Nikita mit, wenn du unauffällig aussehen willst."

„Madisyn ist nicht dumm, Sir. Sie wird wissen, dass wir da sind, um sie zu beobachten. Es ist besser, wenn ich allein gehe."

„Wie du willst, aber sorge dafür, dass sie sicher nach Hause kommt."

———

Ich sitze an einem Tisch im hinteren Teil der Bar, den Rücken an die Wand gepresst, den Blick auf die Tür gerichtet. Ich beobachte und warte darauf, dass Madisyn auftaucht.

Ich habe vor, ihr aus dem Weg zu gehen, damit sie sich amüsieren kann, und wenn es Ärger gibt, bin ich zur Stelle, um ihr zu helfen.

Madisyn betritt die Bar, schiebt sich ihre übergroße Sonnenbrille auf den Kopf und macht sich auf den Weg zur Theke.

„Hannah", flüstere ich und erkenne das Mädchen, das hinter Madisyn kommt. Ich bin verwirrt und aufgeregt. Das Mädchen sieht keinen Tag älter aus, als ich sie zuletzt gesehen habe. Sicher, sie trägt nicht mehr dieses aufregende rote Kleid, aber in engen Jeans und einem blauen Pullover sieht sie immer noch heiß aus.

Madisyn beugt sich vor, um die Aufmerksamkeit des Barkeepers zu erregen, und gibt eine Bestellung auf. Ich schleiche in die Nähe der Bar und kann meinen Blick nicht von Hannah losreißen.

Als ich sie das letzte Mal sah, haben wir ihr Wohnzimmer in einem Feuer der Leidenschaft auseinandergenommen.

Wir stolpern durch ihre Haustür und ich trete sie mit meinem Fuß zu. Ich drehe sie herum, unsere Lippen verschmelzen, während ich sie gegen die Holzoberfläche drücke.

Sie zittert und stöhnt, als ich ihren Hals küsse.

Ihre Finger verheddern sich in meinen Haaren und ziehen mich näher zu sich heran, bevor sie die Kontrolle übernimmt und mich zurückstößt, während ihre Lippen an meinen knabbern.

Ein schiefes Grinsen breitet sich auf meinem Gesicht aus. Ihre Hände reißen an den Knöpfen meines Hemdes um mich von dem Stoff zu befreien .

Ich hätte nicht gedacht, dass sie es so in sich hat, mein kleiner Knallfrosch.

Sie starrt auf meine Brust, ihre Hände streichen langsam und aufmerksam über meine Haut.

Ich hebe sie mit Leichtigkeit vom Boden auf und drücke sie mit dem Rücken gegen die Wand. Unbeholfen tasten wir uns von einer Wand zur nächsten. Ein Bilderrahmen fällt auf den Boden. Der Rahmen zersplittert, während wir ziellos miteinander ringen, unfähig, uns auch nur für einen Augenblick loszureißen.

Sie hört auf meine Grobheit und hat keine Angst vor meiner Kraft.

Ihr Atem ist tief und rasselnd und mein Schwanz zuckt, weil er ihre Lippen um seinen Schaft spüren will.

Ich schüttle die ferne Erinnerung ab. Sich aufzuregen, wird heute Abend nicht helfen. Sie ist tabu, wenn sie Madisyns Freundin ist. Außerdem habe ich die Regel, dass ich dasselbe Mädchen nicht zweimal ficke.

Das Letzte, was ich will, ist, dass ich am Ende gefesselt bin.

Aber warum gehe ich in die Nähe der Bar, um sicherzugehen, dass sie mich bemerkt?

Ich will gesehen werden. Ich will, dass sie sich an mich erinnert, weil ich der Beste war, den sie je hatte. Ich sollte auf meinem Hintern sitzen bleiben, mich im Hintergrund verstecken und Madisyn davon abhalten, auf mich loszugehen.

Nur kann ich das nicht tun.

Während ich mich bei den meisten Mädchen nach ein paar Monaten nicht mehr an ihre Namen erinnere, ist das bei Hannah anders. Ich erinnere mich noch an ihre Wohnung und den Duft von Zimt und Gewürzen, der mich an der Tür begrüßte. An den Geschmack von Erdbeeren auf ihren Lippen und das Gefühl, wie sich ihre Enge um meinen Schwanz legte und pulsierte, während sie stöhnte.

Wir haben die Wohnung verwüstet, ihre Möbel zerstört, ihr Bett zerbrochen und den hölzernen Beistelltisch umgestoßen. Die Leidenschaft, die wir entfachten, zaubert mir immer noch ein Lächeln ins Gesicht. Es wurde sogar zweimal die Polizei wegen Lärmbelästigung gerufen.

Ihre Wangen glühen.

Oh ja, sie erinnert sich an mich.

VIER

Hannah

Was macht Luka hier?

„Hast du es deinem Freund erzählt?" Ich kann nicht anders, als Madisyn zu beschuldigen. Warum sonst sollte Luka in der Bar auftauchen und sich an uns heranpirschen?

Ich hätte ihr mein Geheimnis nicht anvertrauen dürfen!

„Nur, dass ich mit einer Freundin etwas trinken gehen wollte." Sie dreht sich auf den Fersen um und stößt Luka an die Brust, als er sich nähert.

„Was zum Teufel machst du hier? Hat Mikhail dich geschickt?" Madisyn ist wütend. „Traut er mir nicht? Spionierst du uns deshalb nach?"

Luka räuspert sich und zwingt mir ein Lächeln auf, bevor er seine Aufmerksamkeit wieder Madisyn zuwendet. „Schalte mal einen Gang zurück."

„Das würde ich ja, wenn du nicht so ein Barbar wärst", sagt Madisyn.

„Was habe ich getan, um dich zu beleidigen?," fragt Luka. Er ist ruhig, unglaublich ruhig für den Umgang mit Madisyn, die ihn gleich verprügeln wird. Aber er ist größer als sie und viel muskulöser. Es wäre nicht schwer für ihn, sie zu überwältigen, wenn er es wollte.

„Außer uneingeladen aufzutauchen!"

Mit seinem Körperbau und seiner rauen Art könnte er ein Bodyguard für Prominente oder Milliardäre sein. Ich weiß nicht, was er beruflich macht. Darüber haben wir auch nicht gesprochen, als ich ihn das letzte Mal gesehen habe. Wir waren zu sehr damit beschäftigt, uns einander die Kleider vom Leib zu reißen.

„Du machst eine Szene", warnt Luka. Sein Tonfall ist bedrohlich und missbilligt ihr Verhalten, aber er hat sie noch nicht angerührt. Luka hebt den Arm und winkt den Barkeeper zu sich. Er wollte schon früher auf sie zugehen, aber ein Blick auf den hitzigen Streit zwischen den beiden und er verschwand, als ob es sich um einen Streit unter Liebenden handeln würde.

Zum Glück ist das nicht so. Soviel ich weiß, sind Luka und Madisyn nicht zusammen. Sie ist glücklich mit Mikhail.

Aber ich weiß nicht genau, wie es bei Luka aussieht. Ich habe Madisyn nicht gefragt, ob er mit jemandem zusammen ist. Das sollte für mich nicht wichtig sein. Ich bin verlobt. Ich sollte eigentlich fröhlich sein und meine Hochzeit planen. Ich habe die Hochzeit geplant, aber der glückliche Teil ist manchmal fraglich.

Ich bin mir sicher, dass es nur meine Nerven sind, kalte Füße, und Luka Ivanov, der Vater meiner Tochter, starrt mich an.

„Was willst du?", fragt Luka.

„Wie bitte?", Seine Frage verblüfft mich.

Luka deutet auf den Barkeeper, der darauf wartet, unsere Bestellungen aufzunehmen. „Was wollt ihr trinken? Das geht auf mich", sagt er und bietet uns an, die Rechnung zu bezahlen, zumindest für diese Runde.

„Klar geht das auf dich", sagt Madisyn.

Sein Blick zuckt und er schiebt seine Hand in die Gesäßtasche, um seine Brieftasche herauszuholen. Er öffnet das schwarze Portemonnaie, holt seine Kreditkarte heraus und schiebt sie über die Theke, um unsere Getränke zu bezahlen.

„Ich nehme einen Fuzzy Navel", sage ich und gebe dem Barkeeper meine Bestellung auf.

„Auch etwas für dich?", fragt der Barkeeper Madisyn.

„Ginger- Ale", sagt Madisyn und entschlüpft aus Lukas Griff.

„Wo gehst du hin?" fragt Luka.

Madisyn stöhnt und wirft ihre Hände in die Luft. „Auf die Toilette!" Sie stürmt in den hinteren Teil der Bar und Luka stößt sich von der Theke ab.

„Lass dem Mädchen etwas Freiraum und etwas Privatsphäre", sage ich.

Er stößt einen schweren Seufzer aus und lehnt sich mit dem Rücken gegen die Theke.

Ich setze mich auf den Hocker, unsere Knie stoßen aneinander. „Wie ist es dir ergangen?", frage ich und versuche, cool zu bleiben. Was soll ich machen? Ich weiß nichts über ihn und ich weiß auch nicht, wie ich ihm sagen soll, dass er Vater ist.

Als der Barkeeper mit meinem Drink zurückkommt, nippe ich hastig daran, um mich kurz abzulenken.

„Ich habe mich anständig benommen", sagt Luka. Er ist kein Mann, der viel lächelt, aber seine Lippenwinkel zucken nach oben. „Was ist mit dir? Ich wusste nicht, dass du und Madisyn befreundet seid."

„Arbeitskollegen", sage ich. Aber ich würde gerne glauben, dass wir Freunde werden. „Was machst du denn hier? Ist es, weil ihr Freund eifersüchtig ist und den Gedanken nicht erträgt, dass sie ohne ihn Spaß hat?"

„Er hat mich geschickt, um auf sie aufzupassen und sicherzustellen, dass sie keine Dummheiten macht."

„Sie wird keine Dummheiten machen. Du bist derjenige, der dumm ist."

Er kichert über meine Bemerkung.

Das soll nicht witzig sein, aber ich stehe zu meiner Freundin, auch wenn mein Vorwurf kindisch klingt.

„Entspann dich. Ich bin nicht hergekommen, um in einen Boxkampf zu geraten. Ich bin hier, um dich zu fahren."

Ich presse meine Lippen zusammen. „Die U-Bahn ist nur ein paar Blocks von hier entfernt. Es gibt auch ein Taxi. Und ich benötige keinen Fahrer und allem Anschein nach, bestellt Madisyn auch keinen Alkohol. Du kannst nach Hause gehen."

Denkt er, dass wir nicht auf uns selbst aufpassen können? Solange ich denken kann, habe ich auf mich selbst aufgepasst und mich ohne fremde Hilfe um mein Kind gekümmert.

Er hält seine Hände hoch. „Ich möchte keinen Streit anfangen", sagt Luka.

„Dafür ist es ein wenig zu spät", murmle ich.

Er schaut weg und vermeidet den Blickkontakt mit mir. Sein Blick ist stattdessen auf den hinteren Flur gerichtet, wo Madisyn vor ein paar Minuten verschwunden ist, um auf die Toilette zu gehen.

Ist er von Madisyn fasziniert?

„Hast du etwas für sie übrig? Sie ist nämlich mit jemandem zusammen", sage ich. Ich kippe den Rest meines Drinks hinunter und weise den Barkeeper für einen weiteren an. Wenn ich mit Luka zu tun haben , brauche ich noch ein paar davon. Umso besser, wenn sie auf seine Rechnung gehen.

„Sie ist mit meinem Chef zusammen und nein, ich *stehe* auf niemanden."

Mein Mund ist trocken, ich lecke mir über die Lippen und schaue weg. „Okay", sage ich und stoße einen leisen Lufthauch aus. „Du bist launisch. Da hat wohl jemand seinen Mittagsschlaf verpasst."

„Ich mache kein Nickerchen."

Nun, vielleicht sollte er das tun. Bei Bay funktioniert das auch, wenn sie mürrisch ist.

Madisyn stolziert hoch erhobenen Hauptes aus der Toilette , geht an Luka vorbei, schnappt sich einen Barhocker und lässt sich neben mir plumpsen. „Hast du mich vermisst?" Ihre Aufmerksamkeit ist ganz auf mich gerichtet sie hat nicht einen Blick in Lukas Richtung geworfen, obwohl er direkt neben mir steht.

Sie ignoriert ihn.

Wird das funktionieren?

„Auch wenn du das nicht glaubst", sage ich. Wenn sie das nächste Mal auf die Toilette geht, gehen wir zusammen.

Luka hat den Wink verstanden und geht uns aus dem Weg. „Ich bin da drüben, wenn ihr etwas braucht", sagt er und deutet auf die Ecke der Bar.

„Das werden wir nicht", sage ich und atme erleichtert auf, als er sich auf seinen Platz im hinteren Teil der Bar setzt. Es ist schon ein wenig erbärmlich, dass er hier festsitzt und Madisyn beobachtet.

Ich warte, bis er nicht mehr in Hörweite ist. „Was zum Teufel ist los, Madisyn? Warum folgt er dir?"

Sie greift nach ihrem Ginger- Ale und nimmt einen Schluck, während sie meinem erhitzten Blick ausweicht.

„Und?"

„Mikhail ist etwas überfürsorglich. Er ist besorgt, weil ich schwanger bin. Zumindest glaube ich, dass er deshalb seinen Leibwächter geschickt hat, um auf uns aufzupassen."

„Du bist schwanger?" Ich schreie auf.

Ihre Augen weiten sich und sie deutet mir an, leiser zu sein. „Ja, aber ich werde es niemandem sagen. Zumindest nicht auf der Arbeit. Du musst es für dich behalten."

Wem soll ich es denn erzählen? „Natürlich nicht. Ich verspreche es", sage ich und gebe ihr meinen kleinen Finger.

Sie lacht und blickt auf meine Handbewegung, bevor sie mir den kleinen Finger reicht. „Ich fühle mich wieder wie in der dritten Klasse. Hast du mit Luka über Bay gesprochen?"

„Du erinnerst dich doch an ihren Namen." Ich lache und schaue in Lukas Richtung. Er sitzt ganz hinten, hinter Madisyn. Es ist nicht schwer, unauffällig an ihr vorbeizuschauen, ohne dass er es bemerkt. „Nein, es fühlte sich nicht nach dem richtigen Zeitpunkt an."

„Es wird nie der richtige Zeitpunkt sein. Und ich schwöre, ich habe ihn heute Abend nicht eingeladen."

„Ich weiß. Der Streit zwischen euch beiden hat gezeigt, dass du ihn nicht hier erwartet hast. Bist du sauer auf Mikhail, weil er ihn geschickt hat?"

„Ich bin nicht glücklich darüber", sagt Madisyn. Sie trinkt ihr Ginger- Ale aus und winkt den Barkeeper heran. „Ich nehme einen Shirley Temple."

Sie grinst und winkt Luka zu.

Was hat sie vor?

Der Barkeeper benötigt ein paar Minuten, um unsere Getränke zuzubereiten, bevor er sie über die Theke schiebt. „Danke", sage ich, greife nach meinem und genieße den leichten Rausch. Wahrscheinlich hätte ich das Mittagessen nicht ausfallen lassen sollen.

FÜNF

Luka

Kann Madisyn sich nicht fünf Minuten lang aus Ärger heraushalten?

Mit einem schweren Seufzer stehe ich auf und gehe auf die beiden Mädchen zu. Ich sollte mich von Hannah fernhalten, aber ich kann es nicht. Die Wahrheit ist, dass ich es gar nicht will. Mikhail ist endlich sesshaft geworden und er ist glücklich.

Ich hätte nie gedacht, dass ich so ein Leben auch wollte, aber wenn ich die beiden zusammen sehe, ist es schwer, nicht eifersüchtig zu sein.

Das Licht in der Bar ist gedämpft und die Gäste werden lauter. Ich schleiche mich an das lästige Duo heran und greife nach Madisyns Getränk.

„Was machst du da?", fragt Hannah und rutscht von ihrem Barhocker. Sie stellt sich zwischen ihre Freundin und mich und blockiert Madisyn.

Hannah weiß wahrscheinlich nicht, dass Madisyn schwanger ist. Und es ist nicht meine Aufgabe, es ihr zu sagen.

Ich greife um Hannah herum, schnappe mir das rote Getränk und rieche an der Flüssigkeit. Es ist schwer zu sagen, ob da Alkohol drin ist oder nicht. Ich nehme einen Schluck.

Es ist süß und nicht im Geringsten stark oder bitter. Ich schmecke keinen Hauch von Alkohol.

„Das ist ein Shirley Temple, du Arschloch", sagt Madisyn und gibt mir einen Klaps auf den Arm. „Gib mir meinen Drink zurück."

Ich gebe ihr das Glas zurück und trete einen Schritt zurück, um ihr aus dem Weg zu gehen.

Hannah verschränkt ihre Arme vor der Brust. „Willst du das erklären?"

Toll, sie verteidigt Madisyn. Ich mache zum Barkeeper eine Handbewegung und bestelle einen Whiskey. Madisyns Glas ist immer noch voll und Hannah nippt an ihrem Mädchendrink.

Diese Nacht hat sich in mein Gedächtnis eingebrannt und ich kann nicht anders, als mir vorzustellen, wie ich Hannah ausziehe und sie ficke.

Hat sie so einen großen Eindruck auf mich gemacht? Bei dem Gedanken wird mir unwohl, und mein Blick wandert über ihr Dekolleté.

„Sie darf keinen Alkohol trinken", sage ich und schaue sie an. „Ich wollte nur sichergehen, dass der Barkeeper ihre Bestellung nicht durcheinander bringt.

Hannah rollt mit den Augen. „Es liegt nicht an dir, was sie bestellt."

Sie hat zwar recht, aber es ist meine Aufgabe, Madisyn zu beschützen. Und wenn Hannah heute Abend bei ihr ist, dann bin ich auch für sie verantwortlich.

Madisyn nippt an ihrem Shirley Temple, ergreift Hannahs Hand und zieht sie auf die Tanzfläche. Ich halte Hannahs Platz an der Bar und passe auf, dass sich niemand an ihren Getränken vergreift.

Die Mädchen tanzen und verscheuchen mehrere Männer, die Interesse an ihnen zeigen. Ich habe ein Auge darauf, dass sie von niemandem belästigt werden, während ich an meinem Whiskey nippe und einen Zweiten bestelle.

Gelegentlich werfe ich einen Blick auf meine Uhr und bin erleichtert, als Madisyn zu mir kommt und sagt, dass sie fertig ist und nach Hause gehen möchte. Das ist mein Stichwort, um sie zurück zum Gelände zu fahren. „Kann ich Hannah nach Hause fahren?", frage ich.

„Ich bin hier", sagt Hannah und stößt mich in die Seite, weil sie sich darüber ärgert, dass ich Madisyn gefragt habe, anstatt meine Frage an Hannah zu richten.

„Und, hast du jemanden, der dich abholt?", frage ich. Ich bin nicht begeistert wenn sie selbst nach Hause fährt. Sie hat ein paar Drinks zu viel und ich habe gesehen, wie sie versucht hat, von der Tanzfläche zur Bar zu laufen. Das Mädchen ist kein bisschen sicher auf den Beinen. Es könnte aber auch an den Absätzen liegen, die sie trägt.

„Nein, ich habe vor, nach Hause zu fahren." Hannah zieht ihren Mantel an und holt ihre Autoschlüssel aus der Tasche.

„Unsinn. Ich setze dich auf unserem Heimweg an deiner Wohnung ab." Ich greife nach den Schlüsseln in ihrer Handfläche, und sie schließt ihre Hand.

Madisyn knöpft ihren Mantel zu und beobachtet den Austausch zwischen uns, mischt sich aber nicht ein. Auf ihren Lippen liegt der Hauch eines Lächelns, und ich bin mir nicht sicher, was sie daran lustig findet.

„Du fährst nicht nach Hause", sage ich. „Lass mich dich fahren oder besorge dir ein Taxi."

Hannah seufzt schwer und macht den Reißverschluss ihrer Jacke zu. „Na gut. Wenn du mich nach Hause fahren willst, kannst du das gerne tun. Ich wohne am anderen Ende der Stadt."

„Derselbe Ort, an dem du vor ein paar Jahren gewohnt hast?", frage ich.

Ihre Wangen glühen und ihre Augen weiten sich. „Luka!", knurrt sie und schlägt mir auf den Arm.

„Was habe ich gesagt?" frage ich. Warum sind Frauen so schwer zu verstehen? Was habe ich getan?

Madisyns Grinsen hat sich nur noch weiter auf ihrem Gesicht ausgebreitet. Sie schnappt sich ihre Handtasche. „Seid ihr zwei Turteltauben fertig?"

Hannah wirft mir einen finsteren Blick zu , ich verlange die Rechnung und bezahle dem Barkeeper unsere Getränke, bevor ich die beiden Damen nach draußen zu meinem Auto führe. Madisyn klettert auf den Rücksitz und lässt Hannah vorn bei mir sitzen.

Ich bin mir nicht sicher, ob ich mich bei ihr bedanken soll oder nicht.

Ich kann mich zwar nicht mehr an die Adresse ihrer Wohnung erinnern, aber ich weiß, wo sie sich ungefähr befindet. Ich sollte mich nicht so leicht daran erinnern, wo sie wohnt. Ich habe mit Dutzenden von Frauen geschlafen, an die meisten würde ich mich nicht mehr erinnern, wenn ich auf der Straße an ihnen vorbeilaufe, geschweige denn, wo sie wohnen.

Aber Hannah war anders.

Ich bin mir nicht sicher, warum. Vielleicht lag es daran, dass sie mich beim Billard geschlagen hat. Ich habe sie nicht gewinnen lassen. Ich hatte nicht einmal eine Chance.

Vom ersten Moment an, als ich mit ihr sprach, war klar, dass sie nicht in meiner Liga spielt. Wir kommen aus verschiedenen Welten. Sie wünscht sich wahrscheinlich Kinder, eine Familie und einen weißen Lattenzaun.

„Ich benötige deine Adresse, wenn wir in der Nähe deines Wohnkonplexes sind", sage ich um loszufahren..

„Du erinnerst dich nicht?" Hannah scherzt und zieht den Sicherheitsgurt tief und fest über ihren Schoß und schließt die Schnalle.

Ich fahre vom Parkplatz der Bar. Madisyn ist anständig und ruhig. Ich werfe einen Blick in den Rückspiegel, sie starrt aus dem Seitenfenster. Ich betrachte das als einen Sieg. Hannah hat sie wahrscheinlich auf der Tanzfläche erschöpft.

Sie zeigt auf das rote Backsteingebäude, als wir uns dem Wohnkomplex nähern. „Ich wohne da drin", sagt sie. Ich fahre den Geländewagen an den

Straßenrand und stelle das Fahrzeug in die Parkposition.

Ich schaue nach hinten zu Madisyn. Sie sitzt auf dem Rücksitz und spielt an ihrem Handy. „Ich bringe Hannah rein und sorge dafür, dass sie gut nach Hause kommt. Willst du dich nach vorn setzen?"

„Klar", sagt Madisyn. Sie klettert auf den Vordersitz und ich lasse das Auto laufen, damit es warm bleibt. Sie schließt die Türen ab und ich eile mit Hannah zum Vordereingang, lege meine Hand auf ihren Rücken und begleite sie zur Tür und ins Gebäude.

„Du hättest mich nicht den ganzen Weg nach Hause begleiten müssen", sagt sie mit einem nervösen Lachen.

„Das war das Mindeste, was ich nach heute Abend tun konnte." Ich streite nicht ab, dass es eine Katastrophe war. Sie wiederzusehen, war der Höhepunkt meines abends.

Als wir in der Eingangshalle sind, drückt Hannah den Knopf für den Aufzug. Sie schüttelt mit den Füßen und stößt einen schweren Seufzer aus.

„Du musst mich nicht zu meiner Wohnungstür begleiten. Madisyn wartet schon auf dich", sagt Hannah. Ihre Stimme ist sanft und zaghaft. Sie leckt sich über die Lippen, die bemerkenswert nach Erdbeeren duften. Ich möchte sie küssen, aber wir haben uns die ganze Nacht gestritten.

Es fühlt sich nicht richtig an.

Ich bin nicht die Art von Mann, der eine Frau ausnutzt. Und sie hat getrunken.

„Sie sitzt in einem warmen Auto. Die Türen sind verschlossen. Ich möchte sicherstellen, dass du gut nach Hause kommst", sage ich.

Die Fahrstuhltüren öffnen sich und wir steigen gemeinsam ein. Sie drückt den Knopf für den dritten Stock. „Hör zu, es tut mir leid wegen heute Abend."

„Wegen heute Abend?" Sie lacht, aber ihr Tonfall ist schärfer. Sie ist nicht glücklich. Sie ist stinksauer. Aber ich bin mir noch nicht sicher, was ich getan habe. „Was ist damit, dass du mich vor einigen Jahren angelogen hast? Tut dir das leid?"

„Dich angelogen zu haben", flüstere ich und versuche mich daran zu erinnern, was ich gesagt haben könnte, das nicht wahr war und sie beleidigt haben muss.

Sie stößt einen schweren Atemzug aus und bläst sich die Haare mit ihrem Atem aus dem Gesicht. Der Aufzug bimmelt und die Doppeltüren öffnen sich.

Eine Gnadenfrist.

Hannah stürmt aus dem Aufzug und ist zwei Schritte vor mir. Ich bin größer, also rennt sie praktisch zu ihrer Tür, um mich hinter sich zu lassen.

„Es tut mir leid", sage ich. Obwohl ich ehrlich gesagt gar nicht weiß, wofür ich mich entschuldigen soll.

Sie geht auf 3B zu, ihre Wohnungstür. Sie ist knallrot, genau wie die Außenseite des Gebäudes. Alle Türen sind ziegelrot gestrichen. Ich erinnere mich nicht mehr an die Farbe, aber ich hatte sie auch zwischen der Tür und mir eingeklemmt. Ich erinnere mich vor allem daran, dass sie sich in dieser Nacht nackt unter mir gewunden hat.

„Vergiss es", murmelt sie leise vor sich hin. „Das gehört alles der Vergangenheit an." Sie kramt in ihrer Tasche nach ihren Schlüsseln und schiebt sie in die Tür, ohne das Schloss zu drehen.

„Hör zu, es tut mir wirklich leid, wenn ich damals etwas gesagt oder getan habe, was dich beleidigt hat. Ich würde es gerne wieder gutmachen. Wir beide könnten mal ausgehen oder etwas trinken gehen."

Die Wohnungstür geht auf und ein Herr mit sandbraunem Haar und Brille atmet erleichtert auf. „Oh, gut, du bist zu Hause. Bay hat Fieber, und ich weiß nicht, was ich tun soll."

Er scheint mich nicht zu bemerken. Das ist wahrscheinlich auch besser so. Ich bin nicht an ihrer Wohnungstür aufgetaucht, um Unordnung in ihr Leben zu bringen.

Hannah atmet tief durch. „Danke fürs Mitnehmen", sagt sie und blickt zu mir auf.

„Oh, hast du eine Mitfahrgelegenheit nach Hause genommen? Muss ich ihn bezahlen?" Er greift in seine Gesäßtasche und holt sein Portemonnaie heraus.

„Ich bin nur einer von Madisyns Freunden", sage ich und gestikuliere zum Aufzug. „Ich sollte zurück zum Fahrzeug gehen. Sie wartet schon und ich habe draußen geparkt."

„Danke, dass du sie mitgenommen hast."

Ich habe es nicht für ihn getan. Ich wusste nicht einmal, dass es ihn gibt.

Wer ist er?

Ihr Freund? Ihr Ehemann?

Und wer zum Teufel ist Bay?

Hat Hannah ein Kind?

SECHS

Hannah

So wollte ich nicht, dass Luka erfährt, dass ich eine Tochter habe, oder besser gesagt, dass wir ein gemeinsames Kind haben.

Obwohl es unwahrscheinlich ist, dass er weiß, dass Bay sein Kind ist. Ich schlendere hinein, um mich um Bay zu kümmern, während Mark die Tür schließt und abschließt.

Luka ist weg.

Eigentlich sollte ich erleichtert sein, aber ich bin kein bisschen glücklich, außer dass ich ihn heute Abend gesehen habe. Und es war ein Wechselbad der Gefühle—alles von Aufregung bis Wut durchströmt mich, wenn ich an Luka Ivanov denke.

Bay liegt bereits in meinem Bett, eingegraben unter einer Bettdecke. Sie fühlt sich nicht fiebrig an und ich nehme das Thermometer, um ihre Temperatur zu messen.

Kein Fieber.

Ich nehme Bay in meine Arme und lege sie für die Nacht in ihr Bett, bevor ich ihre Zimmertür schließe.

„Bays Fieber ist gesunken", sage ich. Was auch immer Mark getan hat, es muss geholfen haben. „Du hättest mich anrufen können. Ich wäre früher nach Hause gekommen, wenn ich gewusst hätte, dass sie krank ist."

„Ich wollte dich nicht stören ", sagt Mark und lässt sich auf das Sofa plumpsen. „Ich habe ihr ein Eis und etwas Tylenol für Kinder gegeben. Das scheint gewirkt zu haben."

„Danke", sage ich und setze mich neben ihn auf das Sofa.

Er greift nach der Fernbedienung und schaltet den Fernseher ein. Ich scheine der am weitesten entfernte Gedanke in seinem Kopf zu sein.

„Können wir reden?", frage ich und ziehe meine Beine auf das Sofa hoch. Ich greife nach der blau-lila Decke und lege sie über meinen Schoß.

„Worüber?" Mark wirft keinen Blick in meine Richtung , seine Aufmerksamkeit ist auf den Bildschirm gerichtet.

„Luka", sage ich.

„Wer?" Mark blickt mich an.

„Der Typ, der mich nach Hause gebracht hat." Es ist wie ein Heftpflaster, das ich abreißen muss. Mark muss wissen, dass Luka in unserem Leben, und in Bays Leben, auftauchen könnte.

Er runzelt die Stirn und seine Schultern sind angespannt. „Was ist mit ihm?"

Ist es Eifersucht, die ihn durchfuhr? Ich habe noch nie erlebt, dass Mark eifersüchtig ist.

„Er ist Bays Vater", sage ich.

Mark wendet seinen Blick vom Fernseher ab und hält die Live-Übertragung mit der DOM-Fernbedienung an. „Das ist nicht lustig."

„Ich mache keine Witze."

Mark hat die Wahrheit verdient, und Luka auch. Ich muss nur noch die Kraft finden, Luka zu sagen, dass er Bays Vater ist .

„Was willst du damit sagen, Hannah? Dieser Kerl ist definitiv nicht dein Typ."

„Das war er aber, als ich ihn vor drei Jahren mit nach Hause nahm." Ich zucke bei meinen Worten zusammen. Ich wollte nicht, dass es zum Streit kommt. Das ist das Letzte, was ich will. Mark ist gut für Bay und er bietet uns Stabilität. Er wird in jeder Situation für uns da sein.

„Weiß er, dass er Bays biologischer Spender ist?", fragt Mark.

So wie er es sagt, fühle ich mich schmutzig und schäme mich für das, was zwischen Luka und mir vorgefallen ist. „Ich habe es ihm noch nicht gesagt. Aber ich habe es vor."

„Tu das nicht." Mark steht auf und geht im Wohnzimmer auf und ab. Die Wohnung ist nicht riesig. Es ist eine Zweizimmerwohnung und das gleiche Zuhause, seit ich einen Job bei Steele Concierge Medical habe. Sie ist nicht allzu weit von meiner Arbeit entfernt und die Wohnung ist in Ordnung. Außerdem kann ich die Miete aufbringen, was bei den Lebenshaltungskosten in der Stadt nicht einfach ist.

„Ich hätte es ihm schon früher gesagt, wenn ich ihn ausfindig gemacht hätte ", sage ich. Ich setze meine Füße fest auf den Boden, die Decke fällt zu Boden und ich mache mir nicht die Mühe, sie aufzuheben. „Er verdient es, die Wahrheit zu erfahren, dass er eine Tochter hat."

„Du kennst den Kerl doch gar nicht. Du weißt gar nichts über ihn!"

Ich ziehe eine Grimasse und verschränke die Arme vor der Brust. „Das ist nicht deine Entscheidung." Ich werde das tun, was das Beste für meine Tochter ist.

„Das ist es nicht!" Mark bleibt stehen und dreht sich zu mir um. „Du wirst mich heiraten. Bay wird meine

Tochter sein. Ich bin derjenige, der sie großzieht, nicht dieser Schläger!"

Ich drücke mir auf den Nasenrücken und versuche, ein paar Mal tief durchzuatmen. Ich will nichts sagen, was ich vielleicht später bereuen könnte.

„Wir reden morgen darüber. Ich gehe jetzt ins Bett." Ich stehe auf, dränge mich an Mark vorbei und gehe ins Schlafzimmer.

Mark stampft mit dem Fuß auf und ich schwöre, dass er gleich einen Wutanfall bekommt. „Ich bin noch nicht fertig, darüber zu reden."

Warum ist er so?

Weil es schwierig ist.

Bis heute haben wir uns noch nie über etwas gestritten.

Ich fahre mir mit der Hand durch meine Haare und drehe mich zu ihm um. „Na schön. Was wäre, wenn die Situation andersherum wäre und du ein Kind da draußen hättest? Willst du mir sagen, dass du nichts davon wissen willst?"

Er wäre auf keinen Fall damit zufrieden, im Ungewissen zu bleiben.

„Wenn es das Beste für mein Kind ist, ja."

Ich trete einen Schritt näher an Mark heran. „Wenn es darum geht, was das Beste für Bay ist, dann scheint es die richtige Antwort zu sein, ihren Vater in ihrem Leben zu haben."

Er ist wütend. „Dreh das jetzt nicht um, Hannah sie hat mich. Ich bin der einzige Vater, den sie braucht. Nicht so einen schmuddeligen Bastard, der wahrscheinlich keinen Job behalten kann."

Das weiß er alles mit einem Blick auf Luka? „Du stellst eine Menge Vermutungen an."

„Und du machst den größten Fehler in Bezug auf Bay."

Meine Hände ballen sich zu Fäusten. Er hat die Frechheit zu glauben, dass er weiß, was das Beste ist. „Sag mir nicht, wie ich meine Tochter erziehen soll."

„Unsere Tochter", korrigiert mich Mark.

Ich beiße mir auf die Zunge. Sie ist nicht *seine* Tochter, noch nicht.

„Ich verstehe nicht, warum du ihn in unserem Leben haben willst. Er wird die Dinge für dich verkomplizieren, Hannah. Er könnte das Sorgerecht wollen.“

„Ich habe keine Lust mehr, darüber zu reden“, sage ich, entziehe mich seinem Griff und mache mich auf den Weg ins Schlafzimmer.

„Hannah!“

Ich gehe ins Schlafzimmer und schließe abrupt die Tür, bevor ich mich auf die Matratze fallen lasse. Zum ersten Mal vermisse ich es, dass diese Wohnung nicht allein mir gehört und ich ein Zimmer habe, in das ich mich zurückziehen kann, um in Ruhe gelassen zu werden.

Mark folgt mir nicht. Ich bin erleichtert, dass ich ein paar Minuten Ruhe habe. Ich ziehe mich fürs Bett aus und meinen Schlafanzug an, bevor ich unter die Decke krieche und das Licht im Schlafzimmer ausschalte.

Tränen ergießen sich auf mein Kopfkissen. Ich wische die Reste weg, drücke mich gegen die Matratze und versuche, meine rasenden Gedanken zu beruhigen.

Ich schlafe nicht und bleibe allein, mürrisch und verstimmt zurück. Mark hat sich noch nie so verhalten. Er war noch nie eifersüchtig. Welcher Käfer ist ihm in den Arsch gekrochen?

Ich bin nicht gut gelaunt , wenn mir der Schlaf entzogen wird.

———

Die Schlafzimmertür öffnet sich quietschend und ich rolle mich auf den Rücken, als das Morgenlicht durch die Jalousien hereinscheint.

Der Geruch von Kaffee weht ins Schlafzimmer und weckt mich noch mehr auf.

Mein Kopf tut weh, und mein Magen schlägt Purzelbäume.

Wunderbar.

„Bist du letzte Nacht ins Bett gekommen?", frage ich.

Mark ist im Badezimmer, die Tür steht offen, und er putzt sich die Zähne.

Ich muss in Kürze auf Arbeit sein. Ich raffe mich auf aus dem Bett zu steigen und schleiche zur Kommode, um meine Sachen zu holen.

Er spuckt seine Zahnpasta in das Waschbecken, gurgelt mit einem Becher Wasser und putzt das Waschbecken sauber. „Ich bin auf der Couch eingeschlafen", sagt er und kommt aus dem Bad.

Es liegt eine Schwere im Raum, eine Spannung, die sich wie ein Gummiband zu dehnen scheint. Irgendwann wird es reißen.

Ich kann mich nicht erinnern, dass Mark jemals auf der Couch eingeschlafen ist. „Streiten wir?" Ich will nicht mit ihm streiten. Ich möchte, dass er meine Entscheidung respektiert und das, was gestern Abend zwischen uns passiert ist, hinter sich lässt.

„Nun, das kommt darauf an. Hast du immer noch vor, diesem Typen zu sagen, dass er Bays Vater ist?" fragt Mark. Er verschränkt die Arme vor der Brust, seine Schultern sind angespannt und seine Nasenflügel blähen sich auf.

„Du bist sauer."

„Ich bin nicht glücklich darüber."

„Ja, ich bin im Moment auch nicht glücklich mit dir." Ich trotte an ihm vorbei und knalle die Badezimmertür mit meinen Fersen zu.

„Was habe ich getan?" Marks gedämpfte Antwort schallt durch die Tür.

Bin ich unvernünftig?

Ich will kein Miststück sein, aber Luka hat ein Recht darauf zu wissen, dass er eine Tochter hat. Wenn es möglich gewesen wäre, hätte ich mich schon früher bei ihm gemeldet und ihm meine Telefonnummer gegeben. Die Ziffern, die er mir hinterlassen hatte, waren verschmiert und zerstört worden.

Mark versucht nur, auf mich aufzupassen, auf uns als Familie, aber ich kann die Vergangenheit nicht ignorieren und die Tatsache, dass der Mann wieder in unserem Leben aufgetaucht ist.

Das Timing ist beschissen.

Schnell ziehe ich mich an, putze mir die Zähne und eile an Mark vorbei aus dem Bad. Er scheint sich keinen Zentimeter bewegt zu haben, seit ich ihm die Tür vor der Nase zugeknallt habe.

„Du bist sauer", sagt Mark.

„Das merkst du erst jetzt? Ich will jetzt nicht streiten. Ich muss zur Arbeit gehen." Ich verlasse eilig das Schlafzimmer. Im Wohnzimmer läuft der Fernseher mit Zeichentrickfilmen auf dem Bildschirm. Bay sitzt auf dem Sofa, meine Lieblingsdecke ist um sie herumgerollt.

„Mama!", sagt Bay, als sie zu mir zurückschaut.

„Guten Morgen", sage ich und gehe zu ihr hinüber, um meinen kleinen Sonnenschein zu umarmen. Ich drücke sie eine Sekunde länger als sonst und sie schlängelt sich in die Freiheit. „Ich muss zur Arbeit", sage ich und drücke ihr einen Kuss auf die Wange.

„Du lässt sie hier bei mir", sagt Mark.

Sein Tonfall lässt vermuten, dass er nicht glücklich darüber ist, dass sie zurückbleibt und ich zur Arbeit gehe. Ich schwöre, meine Kopfschmerzen werden von Sekunde zu Sekunde stärker.

„Willst du, dass ich sie mitnehme?", frage ich. Im Concierge Center gibt es eine Kindertagesstätte, die von den Mitarbeitern genutzt werden kann. Unter der Woche geht sie in den Kindergarten , aber an den Wochenenden habe ich sie mit in die Kita genommen, vor allem bevor ich Mark kennengelernt habe.

Vielleicht bürde ich ihm mit Bay zu viel Verantwortung auf.

Ich drücke ihr einen Kuss auf die Stirn. Sie ist nicht im Geringsten warm—keine laufende Nase. Kein Fieber. Sie hat einen Trinkbecher neben sich stehen und es scheint ihr heute Morgen gutzugehen. Wenn sie krank ist, wird sie vom Kindergarten nach Hause geschickt , selbst in der Kindertagesstätte darf sie nicht bleiben.

„Nein, ich will nur, dass du diesen Barbaren in Ruhe lässt." Er deutet auf die Eingangstür, wo er Luka am Abend zuvor getroffen hatte. „Ich will ihn nicht in unserem Leben haben."

Ich kann mich jetzt nicht damit beschäftigen. Ich bin sowieso schon spät dran. „Ich muss zur Arbeit", sage ich und gebe Bay noch einen Kuss, bevor ich meine Schlüssel und meine Tasche nehme und aus der Tür verschwinde.

„Du siehst furchtbar aus", sagt Madisyn, als ich auf dem Weg zum Aufzug praktisch in sie hineinlaufe.

„Ich fühle mich schrecklich", sage ich.

„Zu viel getrunken?" Madisyn macht einen Versuch, das Problem zu lösen. Sie liegt weit daneben.

Wir sind nur zu zweit im Aufzug und ich bin dankbar, dass ich von Mark verschont bleibe. Wer hätte gedacht, dass es einfacher ist, zur Arbeit zu gehen, als sich mit einem eifersüchtigen Verlobten herumzuschlagen?

Ich ziehe meine Haare mit einem Gummiband um mein Handgelenk zurück. „Nein, Mark ist sauer wegen Luka."

Sie erschrickt. „Wie kommt das?", fragt Madisyn.

„Luka hat mich nach Hause begleitet", sage ich und lasse all die schmutzigen Details weg, nach denen sie sucht, wie auch die Tatsache, dass er Mark getroffen und erfahren hat, dass ich eine Tochter habe.

Der Aufzug klingelt und die Doppeltüren öffnen sich. Madisyn steigt aus und wartet darauf, dass ich sie begleite. Sie hat bereits ihren Kittel an und trägt ihren Ausweis am Hemd. Ich muss noch meine Arbeitskleidung anziehen.

Es stellt sich heraus, dass ich später dran bin, als ich dachte. Ich gehe den Flur entlang und Madisyn folgt mir, als ob sie nichts Besseres zu tun hätte. Das bezweifle ich. Wahrscheinlich will sie nur den ganzen Klatsch und Tratsch hören.

„Luka war hundertmal mürrischer, nachdem er dich abgesetzt hatte. Hast du ihm von Bay erzählt?"

„Was? Nein."

Ich eile den Flur hinunter und gehe hinein, um mich anzuziehen. Ich bin schon fast umgezogen, aber normalerweise trage ich meinen OP Kittel nicht zur Arbeit. Außerdem habe ich immer ein paar Klamotten zum Wechseln dabei, falls ein Patient übergeben muss. Das wäre ja nicht das erste Mal.

„Was ist denn passiert?", fragt Madisyn. Sie wirft einen Blick auf mich. „Du siehst schrecklich aus, und er gestern Abend auch."

„Nichts. Ich meine, es hätte nichts sein müssen. Er hat mich zu meiner Tür gebracht. Keine große Sache, oder? Nun, Mark hat sie geöffnet."

„Scheiße", keucht Madisyn und ihre Augen weiten sich. „Hat Luka versucht, dich zu küssen?"

Ich kichere über ihre Bemerkung. „Nein, so war es nicht. Mark hat erwähnt, dass Bay Fieber hat, und Luka hat es mitbekommen. Ich schätze, er war erstaunt darüber zu erfahren, dass ich ein Kind habe."

„Oder einen Verlobten!"

„Stimmt." Ich kaue auf meiner Unterlippe, während ich mich in aller Eile umziehe. „Ich weiß nicht, wie lange das noch gut geht", murmele ich.

„Was?" Madisyn hat meine Bemerkung gehört.

Mist.

„Mark will nicht, dass ich Luka erzähle, dass Bay seine Tochter ist." Ich ziehe meine Turnschuhe an, und binde die Schnürsenkel zu. Ich lege meine sauberen Klamotten in den Spind und schließe ihn ab, mein Handy lasse ich in die Tasche meines Kittels fallen.

„Warum nicht?" Madisyn verschränkt die Arme über ihrer Brust. „Du musst es ihm sagen! Er ist der Vater, nicht Mark."

Glaubt sie, ich wüsste das nicht längst? „Ja, also wir haben uns gestern Abend gestritten. Er hat auf der Couch geschlafen."

„Igitt." Madisyn zieht eine Grimasse. „Kann ich dir irgendwie helfen?"

Ich ziehe meine Unterlippe zwischen die Zähne und schüttle den Kopf. Mir fällt nichts ein, wie ich das Problem lösen könnte, außer, dass ich Mark nachgebe, aber das will ich nicht.

Madisyn klopft mir auf den Rücken. „Mach dir nichts draus. Er wird schon wieder zu sich kommen."

„Mark oder Luka?", frage ich mit einem nervösen Lachen. Ich bin mir nicht sicher, ob Mark zu sich kommt. Das ist eine seiner Macken. Er ist stur wie ein Fisch im Wasser.

„Mark. Ich zweifle nicht daran, dass Luka ein guter Vater sein wird."

Ich atme schwer aus. „Ja. Wie soll ich es Luka sagen, wenn Mark einen Anfall bekommt? Ich schwöre, es ist, als hätte ich zwei Kleinkinder im Haus."

Madisyn schenkt mir ein aufrichtiges Lächeln und ergreift meine Hände. „Wie wäre es, wenn du heute Abend nach der Arbeit vorbeikommst? Wir können zu Abend essen und du kannst ein bisschen Zeit mit Luka verbringen."

„Du willst uns verkuppeln?" Das Mädchen ist hinterhältig.

Madisyn drückt meine Hände. „Ich versuche zu helfen. Was du ihm erzählst, ist ganz allein deine Sache. Aber es sieht so aus, als ob du Luka nirgendwo treffen kannst, ohne dass Mark sich aufregt. Habe ich recht?"

„Mark wird sauer sein, wenn ich Luka von Bay erzähle. Es geht nicht darum, dass ich mich mit ihm treffe. Er ist eifersüchtig, aber es ist nicht die Art von Eifersucht, die man einem Mann zutraut."

„Was meinst du damit?", fragt Madisyn.

Ich mache mich auf den Weg in den Flur, ich muss den Tag beginnen und nach meinen Patienten sehen. „Mark meint, Luka sei nicht mein Typ. Er ist nicht besitzergreifend, eifersüchtig. Er scheint eher Angst zu haben, dass Luka sich in unser perfektes kleines Familienleben einmischt."

„Das ist immer noch eine Form der Eifersucht, und, oh mein Gott, Mark sollte auf Luka eifersüchtig sein. Er ist eine Augenweide und ein böser Junge. Ich wusste gar nicht, dass du auf die bösen Jungs stehst."

Ein schwaches Lächeln zerrt an meinen Lippenwinkeln. „Ja, ich auch nicht. Ich habe es erst vor ein paar Jahren in der Bar bemerkt."

„Kann man wohl sagen." Madisyn grinst. „Ich will alle Details wissen—später. Ich muss meine Visite beginnen."

„Heute Abend. Aber ist es okay, wenn ich Bay mitbringe?" Ich will sie nicht zwei Abende hintereinander im Stich lassen.

„Natürlich. Ich schicke dir die Adresse."

———

Ich bin erleichtert, als ich von Arbeit komme und den Abend mit Madisyn verbringen kann. Eigentlich sollte ich nach Hause gehen, Zeit mit Mark verbringen und über unsere Probleme reden.

Vor allem über Luka.

Aber ich bin noch nicht über Marks Drama und seine Eifersucht hinweg. Eine kleine Auszeit würde uns guttun. Ich schreibe ihm, dass ich bei Madisyn zu Abend esse.

Er antwortet nicht.

Typisch.

Als ich in die Wohnung komme, sitzt er vor dem Fernseher und schaut Sport, während Bay in der Küche mit Töpfen und Pfannen klappert. Zumindest hört sich der Lärm so an, als käme er aus der Küche.

„Mama!" Bay kreischt und rennt auf mich zu, dabei fallen die Metallpfannen mit einem klirrenden Geräusch auf den Boden.

Ich ziehe eine Grimasse wegen des Lärms, ich nehme mein Lieblingskind in die Arme, um es zu küssen. „Ich habe dich vermisst", sage ich.

„Ich habe dich vermisst", sagt sie und klammert sich an mich, als ob ihr Leben davon abhinge. Ich nehme sie in meine Arme, und sie hält sich an meinem Hals fest.

Ich gehe durch den Raum und versuche, Marks Aufmerksamkeit zu erregen. Ich will nicht mit ihm streiten. Ich frage: „Hast du meine SMS bekommen?"

„Ja. Das ist in Ordnung", sagt Mark. Seine Aufmerksamkeit ist auf den Fernseher gerichtet. Er wirft keinen Blick in meine Richtung.

„Ich werde Bay mitnehmen. Du kannst gerne mitkommen", sage ich und lade ihn ein. Obwohl

Madisyn ihn nicht zum Essen eingeladen hat, fühlt es sich falsch an, ihn abzuschieben. Wenn er mitkommt, bringe ich ein Gericht mit und schreibe ihr auf dem Weg eine SMS.

„Wer wird denn da sein?", fragt Mark und blickt mich an. Er führt ein Glas Scotch an seine Lippen und nimmt einen Schluck.

Er hat noch nie Alkohol getrunken, seit wir zusammen sind.

„Madisyn und ihr Freund Mikhail."

„Solange dieser Barbar nicht mitkommt, ist mir das recht. Ich werde mir das Spiel ansehen. Viel Spaß!"

„Meinst du Luka?", frage ich. „Weil er einen Namen hat." Ich habe seine Eifersucht und seine Mätzchen langsam satt.

„Ja, ich will nicht, dass du Bay zu ihm bringst."

„Das hast du nicht zu entscheiden. Sie ist meine Tochter, und er ist ihr biologischer..."

„Spender", wirft Mark ein.

„Ich gehe jetzt", sage ich und gehe zur Tür. Ich setze Bay ab um ihr den lila Mantel, die Mütze und die

Handschuhe anzuziehen . Ich will nicht riskieren, dass sie draußen friert.

Mark steht auf. „Du hast meine Frage nicht beantwortet."

„Ich wusste nicht, dass du eine gestellt hast." Ich ziehe Bay noch die beiden Handschuhe an, bevor ich meinen Mantel vom Haken nehme.

Er schreitet durch das Wohnzimmer zur Tür. „Wird Luka auch da sein?"

„Ehrlich gesagt, ich weiß es nicht." Wenn es nach Madisyn geht, wird er da sein, aber er könnte auch andere Pläne haben und nicht kommen, was mir recht wäre. Für einen Tag habe ich schon genügend Drama erlebt.

„Ich will nicht, dass du Bay mitnimmst, wenn Luka dort sein wird." Er stößt seine Handfläche gegen die Eingangstür um uns daran zu hindern, zu gehen.

„Ist das dein Ernst? Ich mache das nicht mit, Mark." Ich knöpfe meinen Mantel zu und greife nach meinen Schlüsseln. Er hat es geschafft, die Eingangstür komplett zu blockieren, und steht mit dem Rücken zum Eingang, die Arme vor der Brust verschränkt. „Beweg dich."

Er rührt sich nicht.

„Willst du mich verarschen?"

„Bay bleibt hier bei mir. Sie schaut sich gerne Basketball ." Er blickt an mir vorbei und sieht sich den Spielstand auf dem Bildschirm an.

„Wirklich? Als ich nach Hause kam, hat sie allein in der Küche gespielt." Ich nehme Bay schützend in meine Arme. Auf keinen Fall lasse ich sie heute Abend bei Mark. Was zum Teufel ist in ihn gefahren? „Geh aus dem Weg", sage ich.

„Warum? Damit du mit deinem neuen Freund Familie spielen kannst? Er liebt dich nicht, Hannah. Er wird dich nicht lieben, nicht so wie ich. Ich werde immer für dich da sein."

Er packt meinen Arm, seine Finger graben sich in meinen Bizeps.

„Tu das nicht", sagt er und sein Atem riecht nach Alkohol.

Wie viel hat er wohl getrunken? Ich ziehe eine Grimasse. Sein Griff ist kraftvoll und stark. „Lass mich los."

Sein Griff wird nicht lockerer. „Glaubst du, er möchte dich oder irgendetwas mit deiner kleinen Göre zu tun haben?"

„Du weißt nicht, was du sagst, Mark. Du bist betrunken." Ich stoße ihn mit meinem Ellenbogen in den Bauch und zwinge ihn, sich umzudrehen, während ich mit Bay auf dem Arm aus der Wohnung schlüpfe. Ich eile zum Auto und schnalle sie auf dem Rücksitz an.

Ich werfe immer wieder einen Blick über meine Schulter, um zu sehen, ob Mark uns nach draußen gefolgt ist. Er ist kein Mann, der die Dinge auf sich beruhen lässt, das macht mir fast genauso viel Sorgen wie seine Eifersucht.

SIEBEN

Luka

Ich fahre an der Concierge-Klinik vorbei und hole Madisyn von der Arbeit ab.

„Rate mal!", quiekt Madisyn, als sie auf den Beifahrersitz klettert. Ihre Aufregung ist grässlich.

Ich habe letzte Nacht kaum geschlafen, nachdem ich erfahren habe, dass Hannah eine Familie hat. Laut Madisyn ist sie noch nicht verheiratet. Aber das ist gut so, denn sie hat ein Kind, und ich werde ihre perfekte, glückliche Familie nicht zerstören.

Ich weiß nicht, warum mir die blauäugige Brünette so unter die Haut geht, aber ich kann nicht aufhören, an sie zu denken.

„Was?", schimpfe ich.

„Ich habe Hannah zum Essen eingeladen."

„Was soll das heißen, du hast Hannah zum Essen eingeladen? Hast du Mikhail gefragt?"

„Ich muss ihn nicht um Erlaubnis bitten. Er ist nicht mein Aufpasser", sagt Madisyn. „Außerdem wird er damit einverstanden sein."

Dafür, dass sie eine ehemalige FBI-Agentin ist, kann Madisyn manchmal ganz schön verpeilt sein.

„Er ist sicher nicht scharf darauf, Fremde auf das Gelände einzuladen."

„Sie sind keine Fremden", sagt sie. „Hannah ist meine Freundin, sie kommt nur mit ihrer kleinen Tochter."

„Bay?" frage ich und erinnere mich an den Namen des kleinen Mädchens vom Vorabend. Sollte sie Bay mitbringen, wenn sie krank ist? Hatte dieser Idiot nicht erwähnt, dass das Kind Fieber hat?

Ich sollte den Mann, mit dem Hannah zusammen ist, nicht hassen. Es geht mich nichts an, mit wem sie sich trifft oder mit wem sie das Bett teilt.

Madisyn nickt langsam. Als würde sie sich etwas in ihrem Kopf ausdenken , aber ich kann nicht ergründen, was. Das Mädchen redet gerne und viel. „Egal, ich kümmere mich um Mikhail. Sei heute Abend einfach nett. Okay?"

„Wann bin ich denn nicht nett?"

Sie kichert über meine Bemerkung. Es sollte nicht witzig sein, aber ich bin nicht der freundlichste und offenste Typ.

Madisyn schürzt die Lippen, ihre Wangen sind rosig. „Sei einfach höflich. Und du solltest mit uns zu Abend essen."

Hat sie den Verstand verloren? „Ist das eine Falle?", frage ich.

„Wovon redest du?" Madisyn wirkt schüchtern. Sie ist auf keinen Fall dumm, und hat sich nicht durch Zufall in Mikhails Leben geschlichen. Das Mädchen ist geradezu gerissen. Obwohl sie das Büro verlassen hat, um ihre Vollzeitstelle bei Steele Concierge Medical wahrzunehmen, kann ich nicht anders, als aufpassen.

Sie hat Mikhail schon einmal verraten. Wer sagt, dass sie es nicht wieder tun wird?

„Hannah ist mit dem Typen zusammen, den ich gestern Abend getroffen habe. Ich weiß nicht, was du glaubst, was du tust, Madisyn, aber hör auf damit."

Hannah hat ihr Leben im Griff. Sie hat ein Kind, eine Familie und möchte nicht, dass ich mich in ihre persönlichen Angelegenheiten einmische. Ich kann über das, was wir getan haben, fantasieren, aber das ist alles, was ich tun kann. Ich werde ihre Familie nicht auseinanderreißen oder ihr Leben für meine egoistischen Wünsche ruinieren.

So ein Mistkerl bin ich nicht.

„Sie ist noch nicht mit ihm verheiratet", sagt Madisyn.

Sie wird ihre Verlobung nicht auflösen, nur weil ich vor ein paar Jahren eine Affäre mit ihr hatte. „Hast du den Verstand verloren?"

„Gut, dann lasse ich es. Aber du solltest mit uns zu Abend essen. Mikhail wird sich über deine Gesellschaft freuen."

————

„Ich würde gerne mit dir in meinem Büro sprechen", sagt Mikhail.

Ich gehe in das Büro und schließe die Tür hinter mir. „Alles in Ordnung, Chef?" Er hat die Hände vor seinem Körper gefaltet. Der Ausdruck auf seinem Gesicht ist sauer.

„Madisyn hat eine Kollegin aus der Klinik zum Essen eingeladen."

Er klingt fast genau so glücklich, wie ich mich bei diese Tortur fühle. „Nikita hat ihre Freunde und engen Kollegen bereits überprüft."

„Ja, und ich bin sicher, dass alles in Ordnung ist, aber ich möchte, dass du auf das Mädchen aufpasst, das zum Abendessen kommt. Wenn sie aufsteht, um zu pinkeln, möchte ich, dass du ihr folgst. Ich brauche nicht noch eine Agentin, die versucht, sich in mein Haus einzuschleichen."

Ich versuche, das Grinsen auf meinem Gesicht zu verbergen.

„Ist etwas komisch, Luka?"

„Nein, Sir." Ich weiß, dass ich den Mann nicht verärgern sollte. Er hat mir eine große

Verantwortung übertragen und vertraut mir. Das Letzte, was ich möchte, ist mir das wegen eines Mädchens zu versauen.

„Madisyn hat erwähnt, dass sie vielleicht ihr Kind mitbringt. Sorge dafür, dass die Spielsachen vom Dachboden heruntergebracht werden."

„Ja, Sir." Ich bin überrascht, dass die Spielsachen seiner Nichte und seines Neffen, die bei ihm gelebt haben, noch vorhanden sind. Ich hätte gedacht, dass er sie verbrannt hat, genau wie die Beziehung zu seiner jüngeren Schwester.

Obwohl Mikhail das Spielzimmer zu einem zusätzlichen Arbeitsbereich umbauen ließ, hat es niemand gewagt, den Raum zu nutzen.

„Ich habe nicht vor, dass sie länger als bis zum Abendessen bleiben, aber Madisyn wird auf den Nachtisch bestehen, und es ist unwahrscheinlich, dass ein kleines Kind die Geduld hat, mehrere Stunden stillzusitzen", sagt Mikhail.

„Ich kümmere mich darum", sage ich, bevor ich Mikhails Büro verlasse.

Eine Stunde später klingelt es an der Tür, und ich gehe um zu öffnen, da ich am nächsten an der Tür bin. Madisyn eilt gerade die Treppe hinunter, als ich die Tür aufreiße.

Und tatsächlich, Hannah hat ihre Tochter mitgebracht. Das Kind könnte eine Mini-Version von Hannah sein, mit den gleichen Haaren und den gleichen bar-blauen Augen.

„Mama, mir ist kalt", verkündet das kleine Mädchen ziemlich laut, als sie an der Haustür stehen.

„Komm rein", sage ich und vergesse meine Manieren. Ich bin es nicht gewohnt, dass Gäste auf dem Gelände auftauchen. Wir haben nur selten Besucher, die keine Mitglieder der Bratva sind.

Hannah hilft dem kleinen Mädchen aus ihrem lilafarbenen Mantel und ich biete ihr an, ihn zu nehmen und in den Schrank im Flur zu hängen. Sie schnürt die Stiefel des Kleinkindes auf, während das Kind seine Mütze und Handschuhe auf den Boden fallen lässt.

Ich bücke mich, um die Sachen aufzuheben, gerade als Hannah sich bückt, und stoße mit ihr zusammen.

„Tut mir leid", sagt sie und entschuldigt sich schnell, während sie nach den hingeworfenen Sachen greift und sie in ihre Jackentasche stopft.

„Das war mein Fehler", sage ich. Ich bin es nicht gewohnt, mich zu entschuldigen. Das ist nichts, was wir als Bratva tun, da wir keine Schwäche zeigen.

Hannah knöpft ihre Jacke auf, zieht ihre Schuhe aus und stellt sie vor der Haustür ab. Sie folgt mir zum Kleiderschrank, um ihre Jacke aufzuhängen. „Ich war mir nicht sicher, ob du zum Abendessen kommst", sagt Hannah. Sie klemmt ihre Unterlippe zwischen die Zähne.

Ist sie nervös? Ich kann mir nicht vorstellen, warum sie das sein sollte.

„Mama!", zerrt die Kleine an der Hand ihrer Mutter und versucht, sie zum Mitkommen zu bewegen. Das Kind ist nicht schüchtern oder nervös bei Fremden, schon gar nicht an neuen Orten.

„Bay, komm her." Hannah beugt sich hinunter und nimmt den kleinen Tiger in die Arme, damit er nicht frei herumlaufen kann.

„Sie sieht genauso aus wie du", sage ich. Die Ähnlichkeit ist unheimlich.

Bay windet sich im Griff ihrer Mutter und will unbedingt wieder heruntergelassen werden.

Madisyn schlendert von hinten auf mich zu. „Wirklich? Ich würde sagen, sie sieht ihrem Vater verblüffend ähnlich."

Hannahs Augen weiten sich und sie starrt Madisyn an. Ich bin mir nicht sicher, was los ist, aber ich lasse es auf sich beruhen. Es gibt keinen logischen Grund, warum ich den Typen von gestern in Hannahs Wohnung nicht mag.

Ich schiebe es auf Eifersucht, aber ich will nicht mit Hannah oder Madisyn über ihn reden.

Ich möchte einfach annehmen, dass es ihn nicht gibt.

Kann ein Mann nicht so tun als ob?

„Du siehst furchtbar aus. Was ist passiert?" fragt Madisyn und richtet ihre Frage an Hannah.

„Ich will nicht darüber reden", sagt sie.

„Der gemeine Mark", sagt Bay, die nicht im Geringsten weiß, dass Hannah nicht darüber reden will.

Meine Hände ballen sich an der Seite zu Fäusten. In Hannahs Augen liegt ein distanzierter Blick, den ich schon früher hätte sehen können. Ihre Augen sind geschwollen und rot. „Wie war er gemein?", knurre ich. Ich würde ihn umbringen, wenn er Hannah oder Bay auch nur einen Finger krümmt .

„Darf ich sie in den Arm nehmen?", fragt Madisyn und streckt ihre Arme nach Bay aus.

Das Gesicht des kleinen Mädchens erhellt sich und sie nickt energisch, während sie sich windet und zappelt, um sich von ihrer Mutter zu befreien. Hannah gibt Bay in Madisyns Arme ab.

Madisyn nimmt Bay und führt sie den Flur entlang in Richtung Küche.

Hannah presst die Lippen zusammen und zieht die Stirn in Falten, als würde sie versuchen, nicht zu weinen. „Wir haben uns gestritten."

Ich kann nicht anders, als mir Sorgen zu machen und frage mich, ob er Hannah verletzt hat. Sie trägt einen Rollkragenpullover, so dass man kaum Haut sehen kann.

Ich will keine voreiligen Schlüsse ziehen, aber sie ist immer noch sichtlich erschüttert von dem, was passiert ist.

Ich lasse sie reden. Das Beste, was ich im Moment tun kann, ist, ihr zuzuhören.

Hannah wendet den Blick ab und weicht meinem hitzigen Blick aus. „Es ist dumm." Sie ist schnell damit, den Streit zu verdrängen, zumindest die Diskussion über den hitzigen Streit von vorhin.

Ich will, dass sie sich mir anvertraut, und sei es nur, damit sie glücklicher ist und sich besser fühlt. „Nichts, was du sagst, ist dumm." Ich trete näher und lege meine Hand an ihr Kinn.

Sie erstarrt. Ihr Körper verkrampft sich bei dieser Geste. „War er gewaltsam mit dir?" Wut steigt in mir auf bei dem Gedanken, dass er ihr etwas angetan hat. Der Raum ist warm und mein Adrenalinspiegel steigt in die Höhe. „War er gewalttätig?"

Ich habe Angst vor der Antwort, die sie mir geben wird. Sie hat keine sichtbaren Narben, aber die tieferen Schnitte unter der Oberfläche machen mir genauso große Sorgen, und zwar nicht nur um Hannah, sondern auch um Bay.

Sie öffnet den Mund, aber ihre Stimme ist kaum mehr als ein Flüstern. Als hätte sie Angst, die Worte laut auszusprechen. „Er wollte mich nicht gehen lassen."

„Einschüchterung." Ich ziehe sie näher an mich heran, lege meine Hände auf ihre Arme und untersuche ihr Gesicht und das, was ich von ihrem Hals sehen kann, auf Anzeichen von körperlicher Misshandlung.

„Nein, es ist mehr als das." Hannah zieht eine Grimasse.

Bereut sie es, mir die Wahrheit gesagt zu haben?

„Wie wäre es, wenn wir uns einen Ort suchen, an dem wir ungestört reden können?", schlage ich vor und gehe mit ihr den Flur entlang, in die Richtung, in die Madisyn Bay gebracht hat. Ich führe sie in das Arbeitszimmer. Es ist leer und ich knipse das Licht an, als ich den Raum betrete.

Hannah folgt mir dicht auf den Fersen.

Lachen ertönt aus dem Esszimmer. Madisyn scheint sich gut, um den kleinen Tiger zu kümmern, was Hannah sicher beruhigt.

Ihre Schultern entspannen sich, als sie weiter in das Arbeitszimmer hineingeht und sich auf dem Sofa niederlässt.

Ich setze mich nicht. Ich bin zu unruhig und voller aufgestauter Energie, um mich auf der Couch zu entspannen.

„Mark und ich haben uns gestern Abend ziemlich heftig gestritten", sagt Hannah. Sie hat die Hände vor ihrem Körper verschränkt. Sie kaut auf ihrer Unterlippe.

Ich bleibe stehen, stelle mich ein paar Meter von ihr entfernt hin und starre sie mit meinem Blick an. „Und?" Sie lässt etwas in ihrer Geschichte aus.

„Es ging um dich", sagt sie.

Ich mache einen Schritt zurück, überrascht von ihrer Bemerkung. „Lass mich raten: Er ist eifersüchtig und besorgt, weil ich dich nach Hause gefahren habe?" Ich versuche zu erraten, was das Problem sein könnte.

Denkt er, dass sie ihn betrügt? Ist das der Grund für ihren Streit?

Sie setzt sich auf und gibt mir ein Zeichen, dass ich mich zu ihr auf die Couch setzen soll.

Ich tue es ihr gleich und setze mich neben sie, während ich darauf warte, dass sie erklärt, was passiert ist.

„Es geht um Bay", sagt Hannah.

„Bay? Was hat deine Tochter mit all dem zu tun? War er wütend, weil du nach der Arbeit nicht nach Hause gekommen bist?" Ich versuche herauszufinden, was gestern Abend passiert ist, und sie erzählt mir nicht alles.

Warum ist das so?

Was hat sie zu verbergen?

Ich setze mich neben sie auf das Sofa, und sie greift nach meinen Händen.

„Mama! Mama! Mama!" Bay rennt ins Arbeitszimmer. „Töpfchen!", quiekt sie.

„Tut mir leid!" Madisyn entschuldigt sich, während sie Bay hinterherläuft.

„Ich zeige ihr, wo das Bad ist", sagt Madisyn. „Komm schon." Sie hält Bay ihre Hand hin, damit sie sie nimmt.

Bay rührt sich nicht von ihrem Platz direkt vor Hannah.

„Ist schon gut. Ich werde sie nehmen. Kannst du mir zeigen, wo es lang geht?", sagt Hannah, während sie aufsteht und Bays Hand ergreift.

„Ja." Ich stehe auf und führe Hannah und Bay in den Flur hinaus. Wir gehen kurz nach rechts und die zweite Tür auf der linken Seite ist das Badezimmer. Ich öffne die Tür und schalte das Licht für Bay ein.

„Mama", sagt Bay und zieht Hannah mit sich ins Bad.

„Danke", sagt Hannah und macht die Tür zu.

Ich schaue mich um. Für einen Samstagabend ist das Gelände relativ spärlich bevölkert. Nikita und Anton sind etwas trinken gegangen. Das bedeutet, dass sie heute Abend hinter einem heißen Arsch her sind.

Ich wäre auch mit ihnen unterwegs, wenn Hannah nicht zum Abendessen vorbeigekommen wäre.

Vielleicht sollte ich mir den Abend freinehmen und einen klaren Kopf bekommen. Sie wird mich bestimmt in Schwierigkeiten bringen.

„Schon hungrig?" Madisyn pirscht sich von hinten an.

Ich habe sie nicht kommen hören. Das Mädchen ist raffiniert.

Ich drehe mich zu ihr um, ignoriere aber ihre Frage. Sie fragt nicht nach dem Essen. Warum glaubt sie, dass zwischen Hannah und mir etwas passieren wird? Welches Spiel spielt sie?

„Warum schaust du nicht nach, ob das Essen im Speisesaal schon fertig ist?" frage ich und versuche, mir Madisyn vom Hals zu schaffen.

Mikhail hat mir befohlen, auf Hannah aufzupassen. Aber für Madisyn ist er verantwortlich. Ich traue ihr immer noch nicht ganz, schließlich hat sie früher für das FBI gearbeitet. Wer kann schon sagen, dass sie uns nicht verraten wird?

Sie hat bewiesen, dass sie Mikhail gegenüber loyal ist, was für mich gut genug sein sollte. Aber ich habe meine Vorbehalte und behalte sie für mich—ich will den Pakhan nicht verärgern.

„Ich kann auf Hannah warten", sagt Madisyn.

„Mikhail hat mich angewiesen, sie im Auge zu behalten." Seine Befehle sind kein Geheimnis, jedenfalls nicht, wenn es um die Sicherheit seiner Männer geht. Madisyn sollte das inzwischen wissen.

„Gut", sagt sie und stößt einen schweren Seufzer aus, während sie beleidigt durch den Flur in den Speisesaal geht.

Hannah schließt die Badezimmertür auf und Bay eilt heraus und rennt an mir vorbei.

„Tut mir leid", sagt Hannah. Sie entschuldigt sich schnell, während sie dem kleinen Mädchen hinterherläuft und es auffängt, um es davon abzuhalten, herumzurennen.

Ich führe sie in den Speisesaal. Mikhail und Madisyn setzen sich gerade an den Tisch, öffnen eine Flasche Wein und schenken den Erwachsenen ein Glas ein.

„Es tut mir leid", entschuldigt sich Hannah. „Bay ist sonst nicht so ausgelassen."

Mikhail zwingt sich zu einem Lächeln. Er hatte nie ein besonders enges Verhältnis zu seiner Nichte und seinem Neffen, als sie unter seinem Dach lebten. Allein der Gedanke, dass er ein Kind großzieht, dass er Vater wird, ist etwas, von dem ich nie gedacht hätte, dass ich es erleben würde.

Und obwohl ich es noch nicht gesehen habe, ist Madisyn schwanger. Irgendwann wird sie das Kind bekommen, und ich kann mir nur schwer vorstellen, wie Mikhail mit der Situation umgehen wird.

Ich fahre mir mit der Hand durch die Haare, weil ich mich in der Gegenwart nicht mit einer knappen Erinnerung aufhalten will.

„Wahrscheinlich hat sie nur Hunger", sage ich und nehme mir ein Stück Brot aus dem Korb auf dem Tisch. Das Personal bringt uns das Essen, aber Bay wird es nicht mehr lange machen, ohne zusammenzubrechen. „Darf ich?", frage ich Hannah, bevor ich Bay das Brötchen reiche.

Hannah nickt kurz, und Bay schnappt sich das Brötchen, als ob ihr Leben davon abhängt. Das scheint zu wirken, denn sie konzentriert sich auf das Essen.

„Setz dich", sage ich und helfe Bay an den Tisch, während Hannah sich den Platz neben ihr schnappt.

Ich sitze zwischen Hannah und Mikhail. Mikhails Aufmerksamkeit scheint vor allem auf Madisyn gerichtet zu sein.

Als ich Hannah ansehe, greift sie zu ihrem Weinglas und ihr diamantener Verlobungsring funkelt unter dem Kerzenleuchter. Wie konnte ich diesen Stein gestern Abend in der Bar übersehen?

Hatte sie ihn gestern Abend getragen?

Ich bin nicht der Einzige, dem er aufgefallen ist.

„Madisyn hat mir erzählt, dass du heiraten wirst", sagt Mikhail. „Habt ihr schon einen Ort ausgesucht?"

Ich greife nach meinem Glas Wein, weil ich etwas brauche, damit ich nicht zusammenzucke. Ich lächle und hoffe, dass sie die Scharade nicht durchschaut.

Sie runzelt die Stirn und presst die Lippen aufeinander. „Ehrlich gesagt, ich weiß es nicht."

Das Abendessen wird serviert und Hannah hilft Bay beim Essen, schneidet es zurecht und lässt den kleinen Tiger selbst essen.

Ich räuspere mich, halte das Weinglas in der Hand und schwenke die dunkelviolette Flüssigkeit. Wir sollten das Gespräch von ihrem Verlobten und ihrer bevorstehenden Hochzeit ablenken. Hannah will nicht darüber reden und ich bin mir nicht sicher, ob ich das beim Essen hören will. Mir würde wahrscheinlich der Appetit vergehen.

„Wie lange arbeitest du schon bei Steel Concierge Medical?", frage ich und schaue Hannah an.

Sie stößt einen leisen Seufzer aus, und ihre Schultern entspannen sich. „Ich bin seit sieben Jahren in der Firma. Was ist mit dir? Madisyn hat mir nie erzählt, was ihr beide macht?" Hannah nimmt einen kleinen Bissen vom Abendessen. Sie schiebt das Essen auf ihrem Teller hin und her und behält Bay im Auge.

Madisyn weiß zwar, dass wir Bratva sind, aber nur wenige Menschen, die nicht zu unserer Organisation gehören, wissen von unseren Geschäften.

„Wir kaufen und verkaufen Rohstoffe", sagt Mikhail er antwortet schnell, bevor ich etwas sagen kann.

„Oh, ihr seid also so etwas wie Börsenmakler?", fragt Hannah und schenkt ihm ihre ungeteilte Aufmerksamkeit.

Madisyn nimmt einen großen Bissen von ihrem Brot und blickt weg, um sich abzulenken. Ich schwöre, sie versucht, sich das Lachen zu verkneifen. Aber noch mehr Essen in ihren Mund zu schieben, scheint nicht die beste Idee zu sein.

Wie zum Teufel konnte sie FBI-Agentin sein?

„So ähnlich", sage ich und schaue Hannah an.

Die blauäugige Brünette ist unschuldig; sie weiß nicht , was wir tun, und das ist auch gut so. Ich bezweifle, dass sie Bay mitgebracht hätte, wenn sie wüsste, dass wir Mörder sind.

Wir sind keine kaltblütigen Killer. Alle, die ich je getötet habe, waren gerechtfertigt. Sie haben die Familie verraten.

ACHT

Hannah

Das Abendessen läuft besser als erwartet, denn Bay möchte herumrennen und jeden Raum des Hauses erkunden.

Mikhail entschuldigt sich nach dem Essen und küsst Madisyn, bevor er den Speisesaal fluchtartig verlässt. Er ist wie ein Mann auf einer Mission. Arbeitet er rund um die Uhr auch in der Nacht? Kann er sich nur deshalb ein so luxuriöses Haus leisten?

„Komm, lass uns ein bisschen Mädchenzeit haben", sagt Madisyn.

Mein Magen ist wie verknotet. Sie wird wissen wollen, ob ich Luka von Bay erzählt habe.

Das habe ich nicht.

Er ist viel zu warmherzig und nett. Ich habe Angst davor, wie er reagieren wird. Ich will nicht, dass Mark recht hat, dass es ein Fehler ist, Luka davon zu erzählen, aber seine Worte gehen mir immer wieder durch den Kopf, wie ein Film in Wiederholung.

Ich folge Madisyn ins Arbeitszimmer und trage eine verunsicherte Bay.

„Es war schön, dich zu sehen", sage ich zu Luka.

Ich sollte ihm die Wahrheit sagen. Er hat es verdient, sie von mir zu hören.

„Denk nicht, dass du schon mit mir fertig bist."

Was meint er damit? Hat Madisyn ihm von Bay erzählt?

Ich bin froh, dass ich zum Abendessen nicht viel gegessen habe, denn ich würde es nicht bei mir behalten können. Er verschwindet im Flur und ich gehe mit Madisyn in das Arbeitszimmer.

Sie schaltet das Licht an und deutet uns, auf dem Sofa Platz zu nehmen.

„Runter", brummt Bay und zappelt, um sich zu befreien.

Ich stelle ihre Füße auf den Boden und sie eilt zum Fenster, um hinaus in die dunkle Nacht zu starren. Es gibt nicht viel zu sehen, aber ihre Aufmerksamkeit ist geweckt, und das ist gut für mich.

Ich lasse mich auf das Sofa plumpsen, und Madisyn setzt sich zu mir. „Hast du es ihm gesagt?"

„Mark will nicht, dass ich etwas sage. Wir haben uns gestern Abend heftig gestritten und nach der Arbeit wurde es nicht besser."

„War es körperlich?", fragt Madisyn. Ihr Blick ist grimmig, als sie mich von Kopf bis Fuß mustert.

„Ich weiß deine Besorgnis zu schätzen, aber mit Mark werde ich schon fertig."

Luka räuspert sich, als er in der offenen Tür steht und eine Kiste trägt. „Ich habe ein paar Spielsachen vom Dachboden geholt. Vielleicht möchte Bay mit ihnen spielen", sagt Luka.

Bays Augen leuchten auf und sie stürzt auf Luka zu, als er sich bückt und den Karton auf den Boden stellt.

Sie kramt mit ihren kleinen Händen in der Schachtel und holt ein Polizeiauto und ein Feuerwehrauto aus Plastik heraus.

„Was sagst du dazu?", frage ich Bay.

„Danke", antwortet Bay und beachtet Luka kaum, denn ihre Aufmerksamkeit gilt den Plastikfahrzeugen, die über die Holzdielen rollen.

„Gern geschehen", sagt Luka und grinst schief. „Ich lasse euch zwei mal allein", sagt er und verlässt das Arbeitszimmer, wobei er die Tür hinter sich schließt.

Ich warte, bis er weg ist und ich bin mir sicher, dass er nicht auf der anderen Seite der Tür steht und lauscht. Aber wenn doch, wäre es vielleicht einfacher, es ihm zu sagen.

„Mark ist sauer auf mich, weil ich heute Abend zu dir gekommen bin, weil Luka hier ist und weil ich ihm die Wahrheit sagen will."

Madisyn zieht ihre Beine auf dem Sofa hoch und setzt sich mir gegenüber. „Das ist nicht Marks Sache."

„Das weiß ich, aber wir werden heiraten. Das Letzte, was ich will, ist, mich jetzt mit ihm zu streiten. Ich bin sicher, dass er wegen der bevorstehenden Hochzeit unter großem Stress steht."

„Die Hochzeit, die er dir zur Planung überlässt?" Die Blondine presst die Lippen zusammen. „Ich habe versucht, meine Meinung für mich zu behalten, aber vielleicht solltest du dir noch einmal überlegen, ob du den Rest deines Lebens mit ihm verbringen willst."

„Madisyn!" Ich kann ihre Andeutung nicht fassen.

„Liebst du ihn?", fragt Madisyn und kommt direkt zur Sache.

Ich habe ihn geliebt, als er mir einen Antrag gemacht hat. Zumindest dachte ich, dass es Liebe ist , aber je mehr Zeit wir zusammen verbringen, desto mehr habe ich das Gefühl, dass ich mich mit ihm abgefunden habe.

Ich weiche ihrer Frage aus, aber das ist auch schon eine Antwort. „Wenn ich Luka die Wahrheit erzähle, wird Mark mir vielleicht nie verzeihen."

„Du kannst das nicht vor Luka geheim halten. Du musst ihm die Wahrheit sagen." Madisyns Augen straffen sich, als sie von mir zu Bay blickt. „Wenn du es ihm nicht sagst, werde ich es tun."

„Ich habe vor, es ihm zu sagen. Ich bin mir nur nicht sicher, was zu Hause passieren wird."

„Du musst tun, was das Beste für Bay ist", sagt Madisyn.

Sie hat recht. Ich weiß, dass sie recht hat. Ich habe mir vorgenommen, es Luka zu sagen, aber Mark hat es geschafft, mich umzustimmen und alles zu überdenken, obwohl ich weiß das es richtig ist es zu tun.

„Ich passe auf Bay auf, wenn du mit Luka reden willst."

Mein Mund ist trocken, und meine Stimme ist heiser. „Jetzt?"

„Was du heute kannst besorgen, das verschiebe nicht auf morgen", sagt Madisyn. Ihre braunen Augen leuchten, als würde sie sich über meine Qualen freuen. „Zieh es einfach ab wie ein Pflaster."

Ich atme nervös aus und stehe auf. „Ja, du hast recht." Ich bin heute Abend hergekommen, um mit Luka über Bay zu reden. „Mark wird stinksauer sein", murmle ich.

„Scheiß auf ihn", sagt Madisyn, die meine Bemerkung mitbekommen hat.

Ich zwinge mich zu einem Lächeln und mache mich auf den Weg zur Tür. Bay scheint nicht einmal zu bemerken, dass ich gehe. Sie ist begeistert von den neuen Spielsachen, die Luka für sie mitgebracht hat und mit denen sie spielen kann. Hoffentlich wird sie Madisyn nicht zu sehr auf die Nerven gehen.

Als ich die Taschentür aufschiebe, steht Luka am anderen Ende des Flurs, mit dem Rücken an die Wand gelehnt, und konzentriert sich auf sein Handy.

In dem Moment, in dem ich die Tür öffne, blickt er auf und steckt sein Handy in seine Tasche. „Brauchst du etwas?", fragt Luka.

„Ja, schon. Ich wollte mit dir reden, allein." Ich spiele ängstlich mit meinen Fingern, unfähig, die aufgestaute Energie loszulassen.

Luka schaut an mir vorbei in das Arbeitszimmer, in dem Madisyn und Bay sitzen. „Wie wäre es, wenn wir uns einen ruhigen Platz suchen?", schlägt er vor. Er packt mich sanft am Arm, und ich zucke zusammen.

Ich will es nicht, aber wahrscheinlich hat Mark heute Abend einen blauen Fleck hinterlassen. Es hat nicht weh getan, bis Luka ihn berührt hat.

Er zieht die Stirn in Falten, öffnet eine Tür, schaltet das Licht an und deutet mir, einzutreten. Es ist ein Büro mit einem tiefen Mahagonischreibtisch in der Mitte, schwarzen Aktenschränken an den Wänden und einer Schranktür hinter dem Schreibtisch, die von außen verschlossen ist. An der Wand steht ein Ledersofa.

Er schließt die Tür hinter mir. Es gibt keine Fenster und niemand kann unser Gespräch hören, wenn die Tür geschlossen ist.

Ich atme schwer aus. Mein Magen knurrt und ich kann meine Nerven nicht ganz beruhigen.

„Geht es um Mark?" fragt Luka. Seine Stimme ist freundlich, sanft und zärtlich. Er kommt näher und streicht mir mit seiner Hand eine Haarsträhne hinters Ohr.

„Es geht um Bay", sage ich.

Er verzieht seine Mundwinkel. „Geht es ihr gut?" Besorgt lehnt er sich auf der Schreibtischkante zurück und stützt so sein Gewicht. „Sie schien sich heute Abend zu amüsieren. Geht es ihr nicht gut?"

Ich atme erleichtert auf. Zum Glück ist Bay gesund. „Bay geht es gut. Sie ist deine Tochter", stoße ich hervor, bevor ich mich zurückhalten kann. Ich stellte mir vor, ihm zu erzählen, wie ich versucht hatte, ihn zu erreichen, ihn zu finden, ihn aufzuspüren, aber ich wusste nicht, wo er wohnte, arbeitete oder sogar seinen Nachnamen.

„Was?" Lukas Augen weiten sich, als hätte er gerade eine Ohrfeige bekommen.

„Als wir in jener Nacht vor einigen Jahren zusammenkamen. Sie ist das Ergebnis", sage ich. Das ist zwar nicht sehr wortgewandt, aber es reicht aus.

„Und das sagst du mir erst jetzt?" Er weicht vom Schreibtisch zurück. Das Büro ist klein, aber er schafft es, hinter dem Schreibtisch entlang zu schreiten um genügend Abstand zu mir zu halten. Luka lockert zuerst seine Krawatte.

Der kleine Raum ist ziemlich stickig. Er ist nicht der Einzige, der sich heiß und eingeengt fühlt.

„Ich bin zu der Bar zurückgegangen, in der wir uns kennengelernt haben, und dachte, du würdest dort arbeiten. Keiner wusste, wer du bist. Die Telefonnummer, die du auf einer Serviette hinterlassen hast, wurde von einem Glas Wasser ruiniert." Ich hätte nie gedacht, dass ich seine Nummer brauchen würde oder dass wir uns jemals wiedersehen werden.

Luka atmet scharf aus. Sein Blick ist grimmig. „Warum jetzt?"

„Warum nicht?" Ich fixiere ihn mit meinem Blick. „Madisyn hat das Bild auf meinem Handy gesehen. Sie sagte mir, dass sie dich kennt und dass du für ihren Freund arbeitest. Ich hatte nicht erwartet, dass du gestern Abend in der Bar bist."

„Das hättest du mir gestern sagen können."

„Das ist kein Gespräch, wo man einfach jemanden überfällt", sage ich.

Luka fährt sich mit einer Hand durch sein kurzes, tiefschwarzes Haar. „Ich schätze, es gibt nie einen guten Zeitpunkt, um so eine Bombe platzen zu lassen."

Er nimmt die Nachricht besser auf, als ich es erwartet hätte.

Er ist still und ich kann sehen, wie die Rädchen in seinem Kopf arbeiten. Er zieht seine Anzugjacke aus und hängt sie über den Bürostuhl. Die Ruhe, die er ausstrahlt, verflüchtigt sich schnell. „Während des ganzen Abendessens hast du mich glauben lassen, dass sie das Kind von jemand anderem ist. Sein Tonfall wird schärfer, als er spricht.

„Ich sage es dir jetzt." Ich trete einen Schritt zurück und stoße gegen die Tür, wobei sich der Knauf in meinen Rücken bohrt.

„Warum?" Lukas Frage ist schroff. „Willst du Geld? Kommst du deshalb zu mir?"

„Natürlich nicht!" Ich greife nach hinten und lange nach dem Türgriff und trete gerade so weit vor, dass ich die Tür öffnen und hinausschlüpfen kann. „Mark hatte Recht. Das war ein Fehler", murmle ich, aber ich bin nicht besonders leise mit meiner Bemerkung.

„Komm wieder her!" schreit Luka.

Ich höre nicht auf ihn. Es ist schon schlimm genug, dass ich mich mit Marks Wutausbrüchen herumschlagen muss. Ich muss nicht auch noch an Lukas Wutausbrüchen teilhaben. Ich eile den Flur entlang, schlüpfe ins Arbeitszimmer und hebe Bay vom Boden auf.

„Leg dich hin!" Bay wackelt mit den Beinen und strampelt.

„Es ist Zeit zu gehen", sage ich und trage sie in den Flur hinaus.

Madisyn springt vom Sofa auf. „Was ist passiert?" Sie rennt mir hinterher, als ich in den Flur gehe, um unsere Mäntel zu holen.

„Ich muss nach Hause, bevor ich mich in einen Kürbis verwandle", sage ich. Ich hole meine Schlüssel aus der Tasche, drücke den Autostartknopf und lasse das Auto aufheizen.

Madisyn ist direkt hinter mir. Sie schnappt sich Bays Stiefel und hilft ihr hinein, während ich den Garderobenschrank öffne.

Luka ist mir auf den Fersen. „Wir müssen reden", sagt Luka mit angespanntem Kiefer. Er verschränkt die Arme vor der Brust. Sein Bizeps spannt sich durch sein knackiges weißes Hemd.

Er sieht gut aus in seinem Anzug und meine Gedanken wandern zu uns beiden in dieser Nacht, mein Körper an seinem, mein Rücken an der Tür, dem Kühlschrank, überall, außer im Bett.

Ich sollte nicht einmal an Sex mit Luka Ivanov denken.

Ich bin verlobt.

„Ich muss nach Hause", sage ich und gehe an ihm vorbei, um Bays Mantel zu holen. Ich bücke mich und helfe ihr in den Mantel , bevor ich meinen vom Bügel nehme. Ich ziehe meine Stiefel an, streife Bays Mütze über ihren Kopf und ziehe ihr die Handschuhe an.

„Danke, dass du uns zum Essen eingeladen hast", sage ich und umarme Madisyn zum Abschied kurz.

„Klar doch. Wir sehen uns morgen bei der Arbeit."

Ich hebe Bay auf und eile nach draußen.

Luka ist mir dicht auf den Fersen und folgt mir zum Auto. Ich schließe die Hintertür mit der schlüssellosen Fernbedienung auf und Luka öffnet sie, während ich Bay in ihren Autositz setze und sie in die richtige Position bringe.

„Wenn du kein Geld willst, warum erzählst du mir dann von ihr?"

Ich schließe die Autotür und stecke meine Hände in die Tasche. Die Luft ist eisig, aber sie beißt nicht mehr als Lukas Laune.

„Ich dachte, du würdest wissen wollen, dass du ein Kind hast und vielleicht sogar ein Vater für sie sein." Ich dachte, dass ich das Richtige tue, indem ich Luka erlaubte, Bay kennenzulernen und meiner Tochter die Chance gab, ihren biologischen Vater kennenzulernen.

Ich kniff mir in den Nasenrücken und lehnte mich gegen die Autotür. „Hör zu, ich möchte gar nichts. Es war ein Fehler, hierherzukommen und dir von Bay zu erzählen. Vergiss es einfach. Okay? Du kannst mit deinem Leben weitermachen, ohne zu wissen, dass du ein Kind gezeugt hast."

Luka knurrt und lehnt sich vor, sein Körper drückt mich gegen das kalte Metall des Autos. „Das ist nicht fair. Ich wusste bis vor ein paar Minuten nichts von ihr."

Er ist so nah, dass ich seinen Atem spüre und vor seiner Nähe erzittere.

„Ich verdiene die Chance, Bay kennenzulernen", sagt er.

Ich lege meine Hand sanft auf seine Brust und schiebe ihn zurück, weil ich Platz zwischen uns brauche. „Wir reden ein anderes Mal."

„Wann?"

Darüber hatte ich noch nicht nachgedacht.

„Arbeitest du morgen?", fragt er.

„Ja. Aber ich habe Montag frei."

„Komm am Montagnachmittag vorbei. Schick mir eine SMS, bevor du kommst, und ich sorge dafür, dass ich Zeit habe und wir reden können." Er hält mir seine Hand hin. „Dein Handy?"

Ich krame mein Handy aus der Tasche und schaue mir das halbe Dutzend verpasster Anrufe und vierzehn ungelesene Nachrichten an, die Mark hinterlassen hat. Er war noch nie besonders anhänglich, aber mir dreht sich der Magen um.

„Jemand ist beliebt", sagt er und bemerkt die Benachrichtigungen auf meinem Bildschirm.

„Ja." Ich will nicht darüber reden. Ich will auch nicht nach Hause gehen und mich mit Mark herumschlagen, aber ich kann meinen Kopf nicht in den Sand stecken.

Ich reiche Luka mein Handy und er tippt seine Handynummer ein. „Schick mir eine SMS, wenn du auf dem Weg bist."

„Mache ich. Es wird nach dem Mittagessen sein, gegen ein Uhr", sage ich.

„Das ist gut." Er gibt mir mein Handy und lehnt sich zu mir, sein Atem vermischt sich mit meinem.

Ich atme scharf ein und er streift mit seinen Lippen meine Wange. „Pass auf dich auf", flüstert er und seine Lippen bewegen sich zu meinem Ohr. „Und wenn dein Freund dich anrührt, bringe ich ihn um."

NEUN

Luka

Am nächsten Tag...

Nikita steckt seinen Kopf in mein Büro. „Du hast einen Besucher", sagt er.

„Ach ja?"

Hannah sollte erst morgen vorbeikommen. Ich trete hinter meinem Schreibtisch hervor und gehe in den Flur.

Was macht sie denn hier?

Hannah und Bay stehen im Eingangsbereich an der Haustür, den Koffer in der Hand. Hannah zittert und

Bay hält sich am Bein ihrer Mutter fest. Ich habe das kleine Mädchen noch nie so verängstigt gesehen. Gestern war sie noch fröhlich und ausdrucksstark und wollte jeden Winkel des Grundstücks erkunden.

„Komm rein", sage ich, knie mich hin und helfe Bay aus ihrem Mantel.

Hannah steht wie erstarrt da.

Wie betäubt.

Wer auch immer ihr das angetan hat, den bringe ich um.

Hannah hat kein einziges Wort gesagt. Ihre Unterlippe zittert, und ich werfe einen Blick über meine Schulter zu Nikita. „Geh Madisyn suchen."

Er zieht die Stirn in Falten, aber er folgt meinem Befehl und eilt die Treppe hinauf.

Ich zieh Bays Mütze und Handschuhe zusammen mit ihren Stiefeln aus, als Madisyn die Treppe hinunter stapft. „Oh mein Gott!" Madisyns Stimme schallt durch den Flur, und sie eilt zur Haustür. „Du warst heute nicht bei der Arbeit."

„Er hat mich nicht gehen lassen", flüstert Hannah. Ihre Stimme bricht, und sie versucht, sich zusammenzureißen. Ich vermute, um Bays willen.

„Was?" Habe ich sie richtig verstanden?

Mein Blut kocht und ich lass Bays Jacke verwirrt auf den Boden fallen. Ich bücke mich und hebe den lila Mantel vom Boden auf.

Die verdammte Hochzeit sollte besser abgesagt werden.

Ich werde auf keinen Fall zulassen, dass sie wieder geht und zu ihm zurückkehrt. Schon gar nicht mit meinem Kind. Sie hat einen Koffer dabei. Vielleicht hat sie vor, hierzubleiben. Hannah hat kaum zwei Worte gesagt, ihre Unterlippe zittert, es sieht so aus, als wenn sie unter Schock steht.

Mikhail wird nicht erfreut sein, wenn sie auf dem Gelände bleiben will. Ich sollte mit ihm reden, bevor Madisyn es tut, und ihm die Situation erklären.

Wie ist die Lage denn so?

Hannah hat kaum etwas gesagt, seit sie das Haus betreten hat. Ich schaue an ihr vorbei aus dem Fenster, von ihrem Auto ist keine Spur zu sehen.

Wie ist sie hierhergekommen?

„Hier", sagt Madisyn und nimmt mir Bays Mantel aus den Händen. Sie bringt die Sachen zum Kleiderschrank im Flur, hängt ihre Jacke auf und steckt die Handschuhe in die Taschen.

„Lass mich deinen Mantel nehmen. Du kannst so lange bleiben, wie du möchtest ." Ich bin mir nicht sicher, warum ich so ein großzügiges Angebot mache, ohne Mikhail zu fragen, aber die Worte sind raus, bevor ich sie widerrufen kann.

Sie ist in Schwierigkeiten und braucht meine Hilfe.

Ihre Lippen öffnen sich, aber die Worte folgen nicht. Sie spricht ein einfaches Dankeschön aus.

Sie knöpft ihren Mantel auf, und ich ziehe ihr die Jacke aus, wobei mir eine Verfärbung an ihrem Hals auffällt. „Ist das ein blauer Fleck?"

Hat der Bastard sie angefasst? Mein Atem wird lauter und schwerer , während die Wut in mir hoch steigt.

Hannah hebt den Kragen ihrer Bluse an, aber das hilft nicht, den blauen Fleck zu verbergen, den er hinterlassen hat. Nur ein Feigling benutzt Gewalt, um eine Frau zu bedrohen.

„Ich werde ihn umbringen." Das ist keine leere Drohung. Ich werde das Arschloch lebendig begraben. Jeder, der sich mit Hannah anlegt, wird erst an mir vorbeikommen müssen.

Ich krame meine Autoschlüssel aus der Hosentasche. Ich werde auf keinen Fall tatenlos zusehen, wenn er Hannah etwas antut.

Er muss für das, was er getan hat, bezahlen.

Hannahs blassblaue Augen weiten sich, und ihr Atem stockt.

Madisyn räuspert sich und starrt mich an. „Denk nicht mal daran."

Was zum Teufel habe ich getan?

„Behalte Bay im Auge , ich bringe Hannah nach oben und bringe sie unter." Madisyn wartet nicht auf eine Antwort von mir. Sie gibt Nikita ein Zeichen, dass er den Koffer ihrer Freundin holen soll.

Nikita holt wortlos ihr einziges Gepäckstück und trägt es nach oben.

Seit wann hat Madisyn das Sagen?

„Du willst, dass ich hier bleibe und den Bastard, der deine Freundin geschlagen hat, davonkommen lasse?" Das ist nicht meine Art. Er verdient es, für seine Sünden zu bezahlen und ich bin genau der richtige Mann, um ihm eine Lektion zu erteilen.

„Bitte nicht!" Tränen rinnen Hannahs Wange hinunter und die Wasserspiele mit Bay folgen.

Hannah blickt zu mir auf, ihre Unterlippe zittert und Tränen steigen ihr in die Augen. „Behalte Bay im Auge."

Wie kann ich da Nein sagen?

Ich beuge mich auf Bays Niveau hinunter. „Hallo", sage ich und lächle sie verlegen an. Es ist ja nicht so, als hätte ich noch nie mit Kindern zu tun gehabt. Mikhails Schwester hat ihre Zwillinge die ersten Jahre auf dem Gelände großgezogen, bis sie wieder mit dem Vater zusammenkam.

Bay wischt sich mit dem Handrücken die Tränen aus dem Gesicht. „Ich erinnere mich an dich", sagt sie.

Das will ich hoffen, denn ich habe gestern erst mit dem Kind und Hannah zu Abend gegessen.

Das kleine Mädchen starrt mich weiterhin mit großen Augen an und schnupft.

„Gut", sage ich und stoße einen Seufzer aus. „Wie wäre es, wenn wir dir ein Taschentuch holen?"

Bay nickt energisch, und das reicht mir. Wenigstens wehrt sich das Kind nicht gegen mich und bettelt darum, an der Seite ihrer Mutter zu sein.

Madisyn nimmt Hannahs Hand und führt sie die Treppe hinauf, während ich Bay ins Arbeitszimmer führe, wo sie einen Moment abgelenkt ist.

Die Spielzeugkiste steht an der Wand und Bay rennt darauf zu, zieht die Plastikfahrzeuge heraus und lässt sich auf den Boden plumpsen.

Ich nehme die Schachtel mit den Taschentüchern vom Nachbartisch, bringe eines zu Bay und reiche es ihr.

Sie hebt ihren Kopf zu mir und wartet. Hannah muss sich um das Kind kümmern.

„Hier." Ich reiche Bay das Taschentuch und sie tätschelt sich die Augen, wahrscheinlich macht sie das, was ihre Mutter für sie tut.

Als sie fertig ist, werfe ich es in den Papierkorb und setze mich auf das Sofa . Bay ist heute Abend nicht besonders gesprächig. Liegt es daran, was in der Wohnung passiert ist?

Hat sie mitbekommen, was zwischen Hannah und ihrem Verlobten vorgefallen ist?

Ich schlucke den Kloß in meinem Hals hinunter.

Hat er Bay angefasst?

Körperlich scheint es ihr nicht schlecht zu gehen. Gefühlsmäßig kann ich es nicht sagen.

„Welcher Truck ist dein Lieblingstruck?", frage ich, als sie das Feuerwehrauto in den Polizeikreuzer rammt.

Das ist mein Mädchen, das Chaos verursacht.

Mein Magen krampft sich zusammen, als ich mir eingestehe, dass sie *mein Mädchen* ist. Sie ist meine Tochter. Ich gehe in die Hocke und sie reicht mir den Polizeikreuzer.

Nicht meine erste Wahl, aber ich werde mich nicht mit Bay streiten. Ich will sie nicht noch einmal weinen sehen, allerdings war es nicht meine Schuld.

„Danke." Ich zwinge mich zu einem Lächeln.

„Setz dich", befiehlt sie und zeigt auf den Boden.

Ich plumpse kurzerhand auf meinen Hintern, als ich mich zu ihr auf den Boden setze. Bay rollt ihr Feuerwehrauto in meinen Polizeiwagen.

„Daddy sagt, wir müssen los."

„Daddy?", wiederhole ich, verwirrt von ihrer Bemerkung. Sie hebt das Feuerwehrauto in die Luft, als ob es fliegen könnte, und lässt es auf den Boden fallen.

„Ich will nicht nach Cannon ziehen."

Cannon? Wo zum Teufel ist das? Will Hannah umziehen? Hat sie vor, Bay mitzunehmen?

Im Arbeitszimmer ist es warm und es fühlt sich an als würde mir die Luft aus der Lunge gesaugt. Ich kann nicht länger hier herumsitzen und spielen. „Bleib hier", fordere ich und stelle den Polizeiwagen neben Bay auf den Boden.

Ich stehe auf und verlasse eilig das Zimmer, indem ich die Taschentür schließe. Ich dränge mich an Nikita vorbei. „Bleib vor dem Arbeitszimmer und pass auf, dass Bay nicht abhaut." Ich zeige den Flur entlang auf die geschlossene Tür zum Arbeitszimmer.

„Wird gemacht", sagt er und geht in die Richtung, aus der ich gerade gekommen bin. Ich gehe in das Treppenhaus und nehme zwei Stufen auf einmal.

Ich vermute, dass Hannah in dem leeren Schlafzimmer neben Madisyns Zimmer ist, aber es gibt eine ganze Reihe unbesetzter Zimmer im zweiten Stock und ein halbes Dutzend weitere im dritten Stock.

Das Schlafzimmer ist verschlossen, aber ich kann gedämpfte Stimmen auf der gegenüberliegenden Seite hören. Ich klopfe heftig, bevor ich die Tür aufreiße.

Hannah sitzt auf dem Bett, und Madisyn sitzt neben ihr. Hannah hat geweint, ihre Augen sind rot und geschwollen, sie wischt sich die letzten Reste ihrer Tränen weg, als könnte sie ihren Schmerz vor mir verbergen.

„Ich habe dich gebeten, auf Bay aufzupassen", sagt Hannah. Sie blickt an mir vorbei, erwartet sie, dass ich sie mit nach oben gebracht habe?

„Sie ist im Arbeitszimmer mit einer Handvoll Spielzeug. Es geht ihr gut. Ich habe Nikita beauftragt, die Tür im Auge zu behalten, falls sie sich auf die Suche nach dir macht."

Hannah presst ihre Lippen aufeinander und nickt. Sie atmet schwer durch die Nase aus und ich denke, dass sie mit dem Weinen fertig sein könnte.

„Bay hat erwähnt, dass du umziehst."

Sie klemmt ihre Unterlippe zwischen die Zähne und kaut nervös—ihr Blick fällt auf Madisyn.

„Soll ich euch beiden eine Minute geben?", fragt Madisyn Hannah.

Hannah lässt die Schultern hängen, ihre Hände liegen in ihrem Schoß. „Ja, wenn du willst. Kannst du nach Bay sehen?"

„Natürlich, ich leiste ihr Gesellschaft." Madisyn umarmt Hannah, bevor sie von der Bettkante aufsteht und sich an mir vorbei zur Tür bewegt. Auf dem Weg aus dem Zimmer flüstert Madisyn mir ins Ohr „Sie ist verletzlich. Wage es nicht, ihr wehzutun".

Das würde mir im Traum nicht einfallen. Sie ist nicht diejenige, die meinen Zorn verdient hat.

Dieses Arschloch von Verlobten, ich hoffe, ich kann ihn als ihren Ex-Verlobten bezeichnen. Er hat sie nicht verdient.

Madisyn verlässt leise das Schlafzimmer, schließt die Tür hinter sich und lässt uns allein zurück.

„Wo zum Teufel ist Cannon?", frage ich und verschränke meine Arme vor der Brust. Hat sie vor, die Stadt zu verlassen, um von diesem Mistkerl wegzukommen?

Sie legt die Stirn in Falten und rümpft die Nase bei meiner Frage. „Was?"

Es wäre fast niedlich, wenn ich mich nicht darüber ärgern würde, dass sie darüber nachdenkt, New York zu verlassen und nicht die Absicht hat, mir die Wahrheit zu sagen. „Ich musste es von Bay hören, dass du umziehst."

Hannahs Augen leuchten auf, als sie begreift, was ich frage. „Auf die Cayman Islands."

„Du ziehst um?"

Verdammt.

„Nein, ich meine, ich will es nicht." Hannah lässt ihr Gesicht in die Hände fallen den Blick nach unten gesenkt. „Mark besteht darauf, dass wir auf die Cayman ziehen, wenn wir heiraten."

„Du willst ihn immer noch heiraten?"

Ich setze mich neben Hannah aufs Bett und stoße mit meinen Beinen an ihre, während sich das Bett senkt.

„Nein, aber ich habe noch nicht mit ihm Schluss gemacht. Ich habe mich mit Bay aus der Wohnung geschlichen, als er duschen ging." Ihre Stimme bricht, und ich lege meinen Arm um ihre Schultern.

Sofort lehnt sie ihren Kopf an meine Schulter und stößt ein scharfes Keuchen aus, als würde sie versuchen, nicht zu weinen. „Was immer du benötigst , ich bin da."

Am liebsten würde ich den Kopf dieses Arschlochs in den Asphalt rammen, aber ich kann mir nicht vorstellen, dass Hannah diese Geste zu schätzen weiß. Auch wenn es ihren missbilligenden Blick wert wäre, will ich sie nicht erschrecken.

„Danke", sagt Hannah und stößt einen schweren Seufzer aus.

Sie legt eine Hand auf meinen Oberschenkel, und mein Schwanz zuckt in meiner Hose. Nur eine Berührung, und mein Körper reagiert, er will ihr gefallen, aber das ist nicht das, was sie jetzt von mir erwartet. Ich lege meine Hand auf ihre und die zurück auf ihren Schoß.

Die Luft im Raum ist vollgepackt mit Adrenalin, Hormonen und ihrem Duft. Ich räuspere mich und stehe auf, weil ich einen klaren Kopf bekommen muss, bevor ich etwas Dummes mache, wie sie zu küssen.

Das ist das Letzte, was sie von mir will. „Du hast Bay gut erzogen", sage ich und versuche, das Thema zu wechseln.

Ihr Blick hebt sich, um meinen erhitzten Blick zu begegnen.

„Ich möchte an ihrem Leben teilhaben." Ich weiß nicht, was Hannah erwartet hat, als sie mir sagte, dass ich Bays Vater bin, aber wenn das stimmt, kann ich es nicht einfach ignorieren, dass ich ein Kind habe.

„Natürlich. Ich nehme an, du willst einen Vaterschaftstest machen", sagt Hannah. „Obwohl es sonst niemand sein kann." Sie blickt weg und ihre Wangen röten sich.

Ist sie rot geworden?

Ich möchte mich vergewissern, dass Bay mein Fleisch und Blut ist, aber das müssen wir nicht in dieser Sekunde tun.

Ich stehe nur ein paar Meter von ihr entfernt und verschränke die Arme vor meiner Brust. „Willst du darüber reden, was dieser Bastard dir angetan hat? Denn so wie ich das sehe, solltest du entweder Anzeige erstatten oder mich die Scheiße aus ihm herausprügeln lassen."

Ihre Lippenwinkel biegen sich nach oben. Denkt sie, ich mache Witze? Ich würde das Arschloch, das ihr wehgetan hat, gerne verdreschen. Es ist ja nicht so, dass ich nicht wüsste, wo er wohnt. „Die Bullen werden nicht viel tun."

„Er hat diesen blauen Fleck hinterlassen", sage ich und zeige auf ihren Hals. „Hat er noch andere Spuren hinterlassen?"

Sie zieht den Kragen ihrer Bluse hoch, aber das hilft nicht. Glaubt sie, dass sie vor mir verbergen kann, was er ihr angetan hat? „Es war ein Unfall."

„Nein." Ich schließe den Abstand zwischen uns. „Entschuldige seine Taten nicht. Er wusste, was er tat. Du hast es selbst gesagt. Er hat dir eine Falle gestellt. Er hat dich heute Morgen nicht zur Arbeit gehen lassen."

„Mark war wütend auf mich. Er hat darauf bestanden, dass ich Bay vor dir geheim halte. Darum ging es bei dem Streit. Er ist eskaliert, als er mir gesagt hat, dass es keine Rolle spielt, weil wir nach der Hochzeit alle auf die Cayman ziehen."

Ich hasse diesen Typen noch mehr. Ich hätte nicht gedacht, dass das möglich wäre. „Er hat es verdient, dass man ihm die Fresse einschlägt."

Hannah lächelt schwach. „Das mag stimmen, aber du musst meine Ehre nicht verteidigen."

„Ist die Hochzeit abgesagt?" Ich muss es aus ihrem Mund hören, dass sie nicht zu ihm zurückkehren wird.

„Ich will, dass er aus meiner Wohnung verschwindet. Kommst du und Madisyn mit, wenn wir ihm sagen, dass er gehen soll?"

Madisyn und Hannah haben in Marks Nähe nichts zu suchen. „Mikhail und ich werden uns darum kümmern." Wenn Mikhail beschäftigt ist, kann ich einen unserer Soldaten als Begleiter mitnehmen. „Weiß er, wo du jetzt bist?"

Sie streicht mit ihrer Zunge über ihre Lippen. „Ich bin mir sicher, dass er herausfindet, dass ich bei Madisyn bin, aber er kennt die Adresse nicht und ich habe mein Auto in der Wohnanlage stehen lassen.

„Wie bist du hierhergekommen?"

„Ich habe mir vor dem Gebäude ein Taxi genommen. Ich dachte, es wäre sicherer, als mit dem Auto zu fahren, falls Mark versucht, mein Fahrzeug zu verfolgen."

Gut, dann müssen wir uns keine Sorgen machen, ihr Auto loszuwerden oder es mit einem Peilsender zu überprüfen. Ich werfe einen Blick auf meine Uhr. Mikhail und ich könnten heute Abend hingehen, Mark aufmischen und ihm sagen, dass er die Wohnung verlassen soll. Ich würde mich aber immer noch nicht wohl dabei fühlen, wenn Hannah und Bay nach Hause zurückkehren, selbst wenn wir die Schlösser austauschen.

„Bleib heute Nacht hier. Ich spreche mit Mikhail und wir gehen morgen vorbei, um mit Mark zu reden. Musst du morgen früh arbeiten?"

„Nein, ich sollte eigentlich freihaben, aber ich bin heute Morgen nicht zur Arbeit erschienen."

„Darum kümmern wir uns morgen. Schreibe mir auf, wo Mark arbeitet, oder wo er sich sonst noch aufhält und ob du seine Termine kennst."

Hannah schmunzelt über meine Gründlichkeit. „Was planst du, einen Anschlag auf seinen Arsch? Du bist ja noch schlimmer als Madisyn. Ich weiß nicht, wo er arbeitet; es ist eine Buchhaltungsfirma. Ich war noch nie in seinem Büro."

„Schreib einfach alles auf, was du weißt."

Sie weiß nicht, wozu ich in der Lage bin. Aber ich bezweifle, dass Hannah zustimmen würde, dass Mikhail oder ich den Bastard hinrichten. Außerdem würde ich ihn lieber aufmischen und ihm Angst einjagen.

„Morgen ist Montag", sage ich und erinnere sie daran, dass das für die meisten Leute ein Arbeitstag ist. „Ich nehme an, dass er ins Büro geht. Es wäre sehr unangenehm für ihn, wenn wir in seinem Büro auftauchen . Ich möchte die Adresse seines Büros und seine Arbeitszeiten."

„Willst du ihn demütigen?" Ihre Hand zittert, als sie sie auf ihrem Schoß abstützt.

„Ich will nur klarstellen, dass er dich in Ruhe lässt , seine Sachen packt und geht l."

Wird Hannah sich sicher fühlen, wenn sie in ihre Wohnung zurückkehrt, wenn Mark weg ist? Ich bin nicht scharf darauf, dass sie zurückkehrt, es sei denn, einer unserer Männer steht vor ihrer Tür und behält die beiden bis zum Ende ihrer Tage im Auge.

„Klingt fair", sagt Hannah. Sie steht auf, wischt sich die letzten Reste ihrer Tränen weg und kommt auf mich zu.

„Sollen wir nach unten gehen und sehen, wie es Bay geht? Habt ihr beide heute Abend schon etwas gegessen?" frage ich.

„Ich habe Bay ein paar Snacks gegeben, also wird sie wahrscheinlich keinen Hunger haben und ich habe auch keinen großen Appetit." Sie öffnet die Schlafzimmertür, und ich folge ihr in den Flur. „Du bist also oft bei Madisyn zu Hause."

„Bei Mikhail", korrigiere ich sie.

„Genau", sagt sie. Hannah schaut mich an, als wir die Treppe hinuntergehen, und wartet auf meine Antwort. „Und?"

Wie soll ich ihr sagen, dass ich hier oben wohne, ohne dass sie Verdacht schöpft, was wir beruflich machen?

Welcher normale Mann hat schon ein halbes Dutzend erwachsener Männer bei sich wohnen, ohne dass es ein Verbindungshaus ist? Sogar Milliardäre haben Sicherheitsleute, aber die gehen nach Hause, wenn am Ende der Nacht die nächste Schicht ankommt.

Mikhail ist kein Milliardär, aber er leitet ein Imperium, und ich arbeite für ihn und bewache unser Haus und unsere Brüder.

Ich weiche ihrer Frage aus. Es ist einfacher, sie abzulenken und das Thema auf etwas anderes zu lenken. „Er hat immer einen vollen Kühlschrank", scherze ich und gehe die Treppe hinunter, während sie mir folgt. „Ich nehme an, das Zimmer ist nach deinem Geschmack."

„Du weichst aus und ich mag es, wie du aus einer Laune heraus das Thema wechselst. Und ja, ich bin dankbar für den Raum , den Bay und ich uns teilen können. Ich werde Mikhail persönlich danken ."

Sie holt mich ein, während ich eilig in das Arbeitszimmer gehe . Je eher ich in Madisyns und Bays Gegenwart bin, desto weniger Fragen wird Hannah mir stellen.

„Mama!" Bay blickt von ihrem Feuerwehrauto auf und lässt das Spielzeug mit einem lauten Knall auf den Boden fallen.

Hannah eilt durch den Raum, beugt sich hinunter und umarmt Bay. „Hast du Spaß mit deinem neuen Spielzeug?"

Bay nickt energisch. „Es ist Zeit, sich fürs Bett fertig zu machen", sagt Hannah. „Kannst du deine Spielsachen aufräumen?"

Madisyn zieht mich zur Seite, während Hannah Bay hilft, die Spielsachen, die sie herausgeholt hat, wieder in die Schachtel zu legen.

„Was ist los?", frage ich.

„Mark hat ständig angerufen und SMS geschrieben."

Das überrascht mich nicht, wenn man bedenkt, wie sie gegangen ist und wie er sich verhält. Wahrscheinlich fleht er Hannah an, nach Hause zu kommen und verspricht ihr nie wieder weh zu tun.

Madisyn holt ein Handy aus ihrer Tasche. „Es ist Hannahs. Sie hat mich gebeten, es aufzubewahren. Sie war besorgt, dass sie etwas Dummes tun könnte."

„Ist es noch an?" Ich entreiße Madisyn das Telefon, gehe in den Flur und entferne die SIM-Karte.

Wie konnte sie nicht daran denken, es auszuschalten? Er könnte sie verfolgen!

„Wir haben Besuch", schallt Mikhails schroffe Stimme durch den Korridor.

Ich schließe die Tür zum Arbeitszimmer, um sie von dem Drama fernzuhalten, das sich nun abspielen wird. „Wissen wir, wer es ist?"

„Ich würde auf Hannahs Ex tippen. Nikita hat erwähnt, dass Hannah unerwartet vorbeigekommen ist. Das Arschloch sucht wahrscheinlich nach seinem Kind."

„Bay ist nicht sein Kind." Ich werde das nicht weiter ausführen.

Ich gehe zum Fenster und schaue durch die offenen Vorhänge hinaus. In der Dunkelheit ist es schwierig, viel zu sehen, aber auf der gegenüberliegenden Seite des Tors steht ein Fahrzeug mit Scheinwerfern, die direkt auf uns gerichtet sind.

„Wer bewacht das Tor?", frage ich, weil ich wissen will, wer heute Nacht am Eingang postiert ist und das Gelände überwacht.

„Anton."

Ich atme schwer aus und fasse mir an den Nasenrücken.

„Ja, genau mein Gedanke", sagt Mikhail. „Wenn ich gewusst hätte, dass Madisyn Ärger

mit nach Hause bringt, hätte ich Anton vom Eingang zurückgezogen ."

„Du machst dir Sorgen, dass Mark durch das Eingangstor kommt?" Ich hätte nie erwartet, dass Mikhail einen Groll gegen Anton hegen würde. Er ist ein loyaler, aber junger Soldat. Er hat noch nicht viel Erfahrung gesammelt , vor allem was das Blutvergießen angeht.

Ich schlage Anton nicht vor, Markus abzuschlachten, obwohl es mir das morgige Drama ersparen würde.

„Ich mache mir Sorgen, dass ich das Tor ersetzen muss. Er scheint nicht geistesgegenwärtig zu sein und könnte durch den Vordereingang fahren, ohne sich darum zu kümmern, dass der Eingang geschlossen ist. Wie zum Teufel hat er es überhaupt geschafft, sie aufzuspüren?"

„Hannahs Telefon war angeschaltet. Ich habe die S-Karte gerade erst entfernt."

Mikhail ist keiner, der vor einem Kampf zurückschreckt.

Das bin ich auch nicht.

ZEHN

Luka

Mikhail öffnet die Haustür und ich begleite ihn nach draußen.

Mark parkt auf der gegenüberliegenden Seite des Tors, die Scheinwerfer eingeschaltet, strahlen diese auf das Gelände.

„Wir werden ihn los", sage ich.

Anton steht vor der Sicherheitskabine und spricht mit Mark auf der Fahrerseite des schwarzen viertürigen Trucks.

Mark lässt den Motor aufheulen. „Ich will mit Hannah reden!", ruft er. Sein Fenster ist heruntergekurbelt und er schlägt mit der Hand gegen die Seite seines Trucks.

„Ich hoffe, sie ist es wert", murmelt Mikhail leise.

Ich kann Antons Antwort von der anderen Seite des Hofes nicht hören und antworte Mikhail nicht. Meine Pistole ist geladen und bereit, falls ich sie benutzen oder den Bastard bedrohen muss.

Ich schlendere vor Mikhail heran und stelle mich auf die andere Seite des Metalltors. Wir werden diesem miesen Typen nicht die Tür öffnen. Er darf nicht in die Nähe von Hannah oder Bay kommen.

Und obwohl ich vorhatte, morgen in seinem Büro aufzutauchen, kann ich ihn genauso gut heute hier zur Rede stellen. Er sollte sie verdammt noch mal in Ruhe zu lassen.

Ein kleineres Tor neben der Kabine erfordert einen Code, um das Gelände zu betreten und zu verlassen. Ich tippe den sechsstelligen Code ein und trete hinaus.

Mikhail folgt mir und schließt das Tor .

Nur über meine Leiche kommt Mark ins Haus oder in die Nähe von Hannah und meiner Tochter.

„Glaubst du, es ist in Ordnung, herumzulaufen und Frauen zu überfallen?", schreie ich, während ich mit langen und schnellen Schritten auf den Pickup zustürme.

Mark stößt die Tür auf.

Denkt er, er hätte eine Chance gegen mich?

Anton tritt zur Seite, er ist bewaffnet und bereit, falls es nötig sein sollte. Er wartet auf Mikhail oder meinen Befehl, den Mann zu überwältigen und in die Knie zu zwingen.

Das wäre ein Leichtes.

Aber mir geht es heute Abend nicht darum, die Dinge auf die einfache Art zu erledigen.

Mark verdient es zu leiden, weil er Hannah wehgetan hat.

Ich mag es nicht, wenn man mich missbraucht.

Mikhail steht direkt hinter mir. Ich kann seine Anwesenheit spüren, ohne dass ich über die Schulter schaue.

Er überlässt mir die Führung. Weiß er, warum mir das so wichtig ist?

„Ich weiß nicht, wovon du redest." Mark spielt den Dummen. Das ist wahrscheinlich nicht schwer, weil er ein Idiot ist, aber das entschuldigt nicht, was er Hannah und Bay angetan hat. „Lass mich meine Frau sehen!"

Er stürzt mit dem Kopf zuerst auf mich zu. Will er sich mit mir prügeln, er hat keine Chance zu gewinnen, geschweige denn mir ein ordentliches Veilchen zu verpassen?

Sein Atem riecht nach Alkohol. Wie zum Teufel konnte er hierherfahren ohne sich vorher umzubringen?

So viel Glück kann ich nicht haben.

Ich stoße ihn von mir und schiebe ihn gegen sein Fahrzeug, wobei ich mit der linken Hand sein Hemd festhalte. Er hat keine Jacke an und ist zu betrunken, um zu merken, dass es kalt ist.

Ich bin innerlich aufgewühlt, weil er aufgetaucht ist und mir den perfekten Sandsack geliefert hat.

„Zunächst einmal ist sie nicht deine Frau." Es erfüllt mich mit Abscheu, dass er sie überhaupt als seine Frau bezeichnet, als wäre er stolz und besitzergreifend. Sie ist kein Objekt und sie ist auch nicht mit ihm verheiratet.

Seine Worte werden undeutlich, aber sie sind noch einigermaßen verständlich. „Du musst Luka sein", spottet Mark über mich.

Die Tatsache, dass er wegen Hannah meinen Namen kennt, erfüllt mich mit einem gewissen Stolz.

Ich lasse ihn los. Wenn er nicht allein stehen kann, soll er seinen betrunkenen Arsch auf den Bordstein setzen.

Er schwankt einen Moment und richtet sich dann auf.

Ich bestätige meine Identität nicht. Es spielt keine Rolle, ob er meinen Namen kennt oder nicht. Wichtig ist nur, dass er Hannah und Bay in Ruhe lässt.

„Macht es dir Spaß, Frauen zu bedrohen?", frage ich, ziehe meine Waffe aus dem Halfter und schiebe ihm den Lauf unter das Kinn. „Macht es dir Spaß, Hannah das Gefühl zu geben, dass sie nicht gehen kann? Glaubst du wirklich, dass es dir Macht über sie gibt, wenn du sie als Geisel hältst?"

Seine Augen sind glasig und er schlägt auf meine Hände ein. Jeder vernünftige Mensch würde mit einer gespannten Waffe unter dem Kinn in die Knie gehen.

Mark ist nicht im Geringsten zurechnungsfähig oder nüchtern. Ich schreibe seine Dummheit dem Umstand zu, dass er betrunken ist und nicht merkt, dass er sich mit der Bratva anlegt.

Er antwortet mir nicht. Er öffnet den Mund, aber er ist sprachlos oder zu betrunken, um eine zusammenhängende Antwort zu geben. Ich würde gerne glauben, dass es ersteres ist, aber ich vermute, dass es der Alkohol ist, der in seinem Körper tobt.

„Du wirst Hannah in Ruhe lassen. Du wirst keinen Kontakt zu ihr oder ihrer Tochter haben. Ist das klar?"

Mark schnaubt leise vor sich hin.

„Was?" Ich schiebe ihm die Pistole noch weiter unter das Kinn.

Mark schluckt. „Crystal", flüstert er, seine Stimme ist hoch und piepsig.

Ist er nervös?

Das ist gut. Ich will, dass er zittert und sich in die Hose macht. Das ist das Schönste, was ich ihm bieten kann, bevor ich ihn wieder in seinen Pickup schubse.

Schweiß glänzt auf seiner Stirn.

Wenn der Typ einen Herzinfarkt bekommt , lasse ich ihn draußen sterben. Das ist das Beste, was ich für Hannah tun kann.

„Und die Wohnung, in der du wohnst, ist *Hannahs Wohnung*", sage ich und betone, dass es nicht seine Wohnung ist. „Du nimmst deinen Scheiß und verschwindest. Wenn du sie belästigst oder auch nur in die Nähe von Bay kommst, werden wir dich jagen und kastrieren."

Mikhail stellt sich neben mich. „Betrachte das als das Netteste, was wir dir antun werden", fügt er hinzu.

„Ich will es von Hannah hören", sagt Mark, obwohl es eher weinerlich und erbärmlich klingt als eine Drohung.

Ich ziehe meine Waffe von Marks Kinn und richte sie auf seinen Schritt. „Du hast die Wahl. Lass sie in Ruhe, oder ich schieße dir den Schwanz ab. Damit würde ich jeder Frau in New York City einen Gefallen tun."

Mark hebt die Hände und schwankt ein wenig, während er sich mit dem Rücken gegen den Pickup lehnt. „Gut. Kein Mädchen ist so viel Ärger wert."

Ich trete einen Schritt zurück, aber nur so weit, dass Mark wieder in seinen Truck klettern und sich auf dem Heimweg umbringen kann. Ein Mann darf doch träumen, oder?

ELF

Hannah

Ich verlasse das Arbeitszimmer mit Bay auf dem Arm, bereit, sie nach oben zu bringen und ins Bett zu stecken. Einer der größeren Herren im Anzug steht am Fenster und konzentriert sich auf etwas, das draußen vor sich geht.

„Was ist hier los?", frage ich.

Von Luka gibt es keine Spur. Wohin ist er verschwunden?

Madisyn taucht von hinten auf und schaut aus dem Fenster. „Nikita hat es im Griff. Du solltest Bay ins Bett bringen." Sie führt mich von der Eingangshalle weg zur Treppe.

Das ist Mark.

Er muss draußen sein und mich auffordern, nach Hause zu kommen.

Meine Hände zittern und ich drücke Bay fester an meine Brust, während ich die Treppe hinauf eile.

Madisyn ist mir dicht auf den Fersen. „Kommt", sagt sie und führt uns die Treppe hinauf, damit wir nicht gesehen werden. Zumindest nehme ich an, dass das ihr Plan ist, falls Mark Zutritt zum Haus bekommt.

Luka wird ihn nicht ins Haus lassen. Er würde Bay beschützen, oder?

„Wie hat er uns gefunden?", frage ich.

Madisyn schüttelt den Kopf, ohne auf meine Frage zu antworten, und richtet ihren Blick auf Bay. Sie klopft ihr auf den Rücken, geht um mich herum und öffnet die Schlafzimmertür. „Gute Nacht, Bay", sagt Madisyn und schenkt ihr das größte beruhigende Lächeln.

Mein Magen flattert.

Ich wünschte, ich könnte mich sicher und ruhig fühlen und Bay versichern, dass alles in Ordnung ist. Madisyn schließt die Schlafzimmertür hinter uns, und ich ziehe Bay ihren Schlafanzug an. Ich habe nicht allzu viele Klamotten oder Habseligkeiten mitgenommen. Ich hatte versucht so schnell wie möglich genügend Kleidung von Bay in den Koffer zu packen und eine Handvoll Klamotten von mir. Es war riskant zu packen, während Mark unter der Dusche stand.

Ich habe noch Zugang zu meinem Bankkonto. Zum Glück sind wir noch nicht verheiratet. Aber ich bin mir nicht sicher, ob ich meinen Job noch habe, nachdem ich heute Morgen nicht dort aufgetaucht bin.

Ich werde mich morgen darum kümmern.

Ich ziehe die Decke zurück, und Bay klettert unter die Decke. „Häschen", sagt sie.

Ich schnappe mir ihr Stofftier aus dem Koffer. Sie hat seit ihrer Geburt mit ihrem Lieblingsspielzeug geschlafen. Ich konnte es auf keinen Fall zurücklassen und einen Nervenzusammenbruch riskieren. Wenigstens war ich so vorausschauend, es mit einzupacken.

„Mama." Bay gibt mir ein Zeichen, näherzukommen, ich decke sie zu und gebe ihr viele

Umarmungen und Küsse, bevor ich das Licht ausschalte und leise aus dem Schlafzimmer gehe.

Es mag Bays Schlafenszeit sein, aber meine ist es nicht. Ich bin erschöpft, aber ich bezweifle, dass ich überhaupt schlafen kann.

Madisyn steht im Flur, mit dem Rücken an der Wand.

Ich habe nicht damit gerechnet, dass sie auf mich warten würde. Ich gehe zum oberen Ende der Treppe, weg von der Schlafzimmertür, damit Bay uns nicht belauschen kann. Ich möchte, dass sie ein wenig schläft und das Letzte, was sie braucht, ist, dass die Erwachsenen sie wach halten.

„Ist das wirklich Mark da unten?" frage ich.

„Draußen", korrigiert mich Madisyn. „Er ist nicht im Haus. Du kannst dich entspannen, Mikhail wird ihn nicht hereinbitten, und er wird auf keinen Fall durch seine Armee kommen."

„Armee?" Ich nehme an, sie versucht, mich zu beruhigen. Ich ziehe Madisyn zu einer Umarmung heran. „Danke. Ich weiß alles zu schätzen, was du für mich tust. Du bist eine tolle Freundin."

„Ich weiß", scherzt Madisyn mit einem breiten Grinsen. „Mach dir keine Sorgen. Ich werde Mark nicht in deine oder Bays Nähe kommen lassen. Und ich bin mir sicher, dass Mikhail und Luka das Gleiche tun. Glaub mir, wenn ich sage, dass dieser Ort eine Festung ist."

Meine Unterlippe zittert, als ich die Treppe hinunterschleiche. Ich bin dankbar für die zusätzlichen Sicherheitsvorkehrungen und das Wachtor. Ich weiß nicht, genau warum, aber das ist mir im Moment auch egal.

Die Wahrheit ist, dass ein kleiner Teil von mir aus dem Fenster schauen möchte, um zu sehen, was da vor sich geht, auch wenn ich nicht viel sehen werde.. Es ist dunkel draußen und wenn sie nicht direkt vor dem Fenster stehen, ist es nicht möglich, etwas zu sehen.

Aber ich sollte Luka die Sache mit Mark überlassen, zumindest im Moment. Ich bin nicht bereit, mit ihm zu reden oder die letzten vierundzwanzig Stunden zu verarbeiten, bis Mark nüchtern ist und ich genug Schlaf hatte, um mich wieder wie ein Mensch zu fühlen.

„Komm schon", sagt Madisyn und legt ihren Arm um meine Schulter. Sie führt mich schnell am Fenster vorbei und in die Küche.

„Wow." Das Haus ist riesig. Ich meine, ich sollte nicht schockiert sein, wenn man bedenkt, wie groß das Haus ist, es ist größer als meine Wohnung. Was wohl nicht viel aussagt. Außerdem ist es tadellos. Ich vermute, dass Mikhail eine Hilfe angestellt hat, wenn nicht sogar einen Koch. „Bist du sicher, dass Mikhail kein Milliardär ist?" scherze ich. Allerdings bin ich neugierig, wie er sich seinen verschwenderischen Lebensstil leisten kann.

„Das sollte man meinen, er hat auch ein ganzes Team, das ihm hier hilft", sagt Madisyn. Sie öffnet den Kühlschrank und nimmt eine Tüte Weintrauben heraus. Sie bringt das Obst zur Spüle und wäscht es ab, bevor sie den Inhalt in eine Schüssel schüttet und sie auf den Tresen stellt. „Iss."

„Ich bin nicht hungrig."

Madisyn steht am anderen Ende der Theke. Sie schnappt sich eine Weintraube und steckt sie sich in den Mund. „Du verpasst etwas."

Wie kann sie es nur schaffen, jetzt zu essen? Wahrscheinlich, weil es nicht ihr verrückter Verlobter ist, der versucht, das Tor aufzubrechen und sie nach Hause zu zerren.

Schwere Schritte trampeln durch den Flur. Ich erschaudere und werfe einen Blick über meine Schulter, als Luka in die Küche stolziert.

„Dein Ex ist ein Arsch", sagt Luka. Er beschönigt nicht, was er von dem Mann hält.

„Normalerweise ist er nicht so", sage ich. Ich habe noch nie erlebt, dass Mark sich so verhält. Er war immer nett und, ehrlich gesagt, ein bisschen fade. Ein echter Workaholic, aber bis vor Kurzem war er nie aggressiv oder unfreundlich. Es ist fast so, als ob ein Schalter umgelegt wurde und ein Verrückter erwacht ist, der seinen Geist und Körper übernommen hat.

„Ich hoffe, du hast nicht vor, zu ihm zurückzugehen." Lukas finsterer Blick verengt sich als er zu mir herübersieht. „Du hast etwas Besseres verdient als dieses niedere Leben." Er kommt herum und stellt sich neben mich.

Ich stoße einen lauten Seufzer aus und lehne mich nach vorn auf den Tresen, stütze meine Ellbogen auf den Marmor und lege mein Kinn auf meine verschränkten Hände. „So einfach ist das nicht."

Er räuspert sich und es ist unmöglich, den Blick nicht zu bemerken, den Madisyn Luka zuwirft. „Was?", frage ich. Sie führen ein privates Gespräch mit einem Blick, an dem ich nicht beteiligt bin.

Luka räuspert sich wieder und Madisyn schüttelt unmerklich den Kopf.

Ich lasse meine Arme an die Seiten fallen. „Das ist doch lächerlich! Wenn du etwas zu sagen hast, dann sag es einfach".

Luka dringt in meinen persönlichen Raum ein. Wenn er noch einen Schritt näher kommt, landet er auf meinem Schoß. Sein Bein streift mein Bein und seine Finger fahren sanft durch mein Haar, bevor er mein Kinn anhebt, um mich anzustarren. „Du gehst nicht zu ihm zurück." Seine Stimme ist fest, und sein Befehl hat etwas Endgültiges.

Seine Berührung lässt meinen Körper pulsieren, und mein Atem wird tiefer. Er ist sehr behutsam. Zumindest hoffe ich, dass Luka die Wirkung, die er auf mich hat, nicht bemerkt, die Art, wie mein Körper bereitwillig auf seine Forderungen reagiert.

Madisyn zieht sich leise aus der Küche zurück und lässt uns beide allein zurück.

Mein Herz hämmert gegen meinen Brustkorb.

Luka hat seinen Griff um mein Kinn noch nicht gelöst. Seine Hand streichelt sanft meine Kehle.

„Du hast etwas Besseres verdient", sagt Luka und seine Lippen sind so nah, dass ich seinen warmen Atem spüre, der mich kitzelt.

Ich möchte ihn küssen, aber alles in mir schreit, dass es noch zu früh ist. Wir sind diesen Weg schon einmal gegangen, und er führte zu Bay. Alles, was ich von jetzt an tue, muss für sie sein.

Sein Daumen fährt langsam über meine Unterlippe und das Verlangen steigt in mir an. Jeder flache Atemzug wird tiefer. In der Küche ist es heiß und stickig, wie in einer Sauna, während ich von Wärme durchflutet werde.

„Ich hätte dich nie gehen lassen dürfen", flüstert Luka.

Die Wärme, die sich in mir ausbreitet, ist anders als das, was ich je mit bei Mark gefühlt habe.

Ich komme näher und meine Lippen öffnen sich. Ich sehne mich danach, Luka zu küssen, ihn an mich zu ziehen und alles andere als Schmerz zu spüren. „Wir können nicht", flüstere ich und schaue ihn unverwandt an.

Ich habe es geschafft, den Bann zu brechen, er nimmt seine Hand zögernd herunter, während er einen Schritt zurücktritt.

„Du hast recht." Er räuspert sich und blickt in die Richtung, in der Madisyn vor ein paar Augenblicken noch gestanden hat.

Hat er gerade bemerkt, dass sie uns beide allein gelassen hat?

„Ich habe gerade eine Beziehung hinter mir", biete ich als Erklärung an. Es ist nicht so, dass ich keine Lust hätte, mit Luka in die Laken zu steigen. Es geht darum, dass wir das nicht tun können, wenn es eine einmalige Sache ist.

Na ja, eigentlich zweimal.

„Gut. Dieser Schwachkopf ist nicht gut für dich", sagt er. Seine Antwort ist schroff. Er lächelt nicht, aber seine Augen sind nicht kalt.

„Im Bett war er auch nicht besonders gut", sage ich und grinse schief.

Luka verschluckt sich an seinem Lachen. „Es tut mir leid." Sein Gesicht rötet sich, als er sich nach vorn beugt und nach Luft schnappt.

Er hat nicht mit meiner Bemerkung gerechnet. Es ist die Wahrheit und vielleicht hätte ich das für mich behalten sollen, aber es ist mir einfach so herausgerutscht.

„So lustig ist das nicht." Ich runzle die Stirn und verschränke die Arme vor der Brust.

Er atmet tief durch und gewinnt seine Fassung zurück. „Du hast recht, *Zaya*. Es ist nicht lustig. Eine Frau sollte jeden Moment genießen, wenn sie verwöhnt wird."

„*Zaya*?" Ich neige meinen Kopf, neugierig auf den Namen. Wer ist *Zaya*? „Bist du sicher, dass du keine Freundin oder Frau hast, die sich hier versteckt?" Ich scherze, werfe einen Blick über die Schulter und stolpere über das Bein des

Tresenhockers, als ich einen Schritt nach vorn mache.

Er fängt mich auf, bevor ich mich zum Idioten machen und auf den Boden falle.

Seine starken, rauen Hände halten mich fest, und der Abstand zwischen uns ist verschwunden.

Lukas Hände liegen auf meinen Hüften, und seine Berührung lässt Schmetterlinge in meinem Bauch aufsteigen. Seine Finger streicheln meine Haut zwischen dem Saum meiner Bluse und meiner Hose. „Keine Freundin oder Frau", sagt er. „Und ich hoffe, du denkst nicht genauso über die Nacht, die wir geteilt haben."

Ich wimmere bei seiner zärtlichen Berührung. Wie die Schwerkraft zieht er mich näher zu sich heran, unsere Körper berühren sich fast. Es kostet mich fast alles, um Abstand zwischen uns zu halten.

„Das ist schon lange her", erinnere ich ihn. Wir sind andere Menschen als damals, als wir uns zum ersten Mal trafen.

„Willst du mir sagen, dass du dich nicht an diese Nacht erinnerst?", fragt Luka. Er lächelt und schaut an mir herunter, wobei er einen langen Blick auf meinen bekleideten Körper wirft, aber ich spüre, dass er sich an mich nackt erinnert. Er lehnt sich näher heran. Sein Atem streichelt mein Ohr. „Er hat dir einen Gefallen getan und sein wahres Gesicht gezeigt."

„Was?", frage ich und ziehe mich ein wenig zurück, um seinem Blick zu begegnen.

Er wendet seinen Blick mit einem Grinsen ab. „Das sollte ich nicht. Du hast deutlich gemacht, dass du nur befreundet sein willst. Und ich muss diese Entscheidung respektieren."

Ich habe in meinem Leben noch nie etwas mehr bereut.

„Wir haben ein Kind, das an erster Stelle stehen muss", sage ich. Bay ist meine oberste Priorität. Das ist einer der Gründe, warum ich Mark heiraten wollte, um ihr ein stabiles Zuhause zu geben. Dieser Plan ging nach hinten los, aber ihre Bedürfnisse sind wichtiger als meine eigenen.

Luka schiebt mir eine Haarsträhne hinters Ohr. Seine Berührung entfacht eine alte Flamme neu. „*Zaya*, du musst lernen, dich selbst an die erste Stelle zu setzen.

Ich presse meine Lippen aufeinander.

Er lächelt. „Keine witzige Antwort?" Seine Berührung ist beruhigend und entfacht gleichzeitig ein Feuer in mir.

„Wir sind uns einig, dass wir uns nicht einig sind", sage ich. Wenn Luka denkt, dass er sich den Weg in mein Bett erschwindeln kann, irrt er sich.

Seine Finger streicheln meinen Hals, bevor er seine Hand zurückzieht. „Du wirst nie glücklich werden, wenn du dem nachjagst, was du glaubst, dass sie benötigt."

Ich möchte , dass sie das bestmögliche Leben hat. Wie kann das falsch sein?

„Sie braucht ein stabiles Zuhause." Dem kann er nicht widersprechen, und das ist etwas, was ich als Kind nicht hatte. Ich möchte ihr ein besseres Leben bieten..

„Was ist mit deinen Bedürfnissen?"

„Ich hätte auch gerne ein stabiles Zuhause", grinse ich.

„Zieh hier ein, für immer", sagt Luka. Auf seinem Gesicht ist kein Lächeln zu sehen. Kein Lachen deutet darauf hin, dass er scherzt.

Das kann nicht sein Ernst sein.

Mir fällt die Kinnlade herunter, als er das sagt. „Überleg mal, was du da von mir verlangst. Wir kennen uns doch gar nicht."

„Wir kannten uns genug, um miteinander zu schlafen", sagt Luka. Er greift nach meiner Hand.

Ich schwöre, wenn er auf die Knie fällt, werde ich ihn schlagen.

„Ich will in Bays Leben sein", sagt Luka. Er drückt meine Hand.

„Das wirst du auch. Aber mich zu bitten, bei dir einzuziehen, ist ein großer Schritt." Ist ihm nicht klar, dass das Zusammenziehen ein großer Schritt ist?

„Das muss es nicht sein. Ich würde mich besser fühlen, wenn ich weiß, dass du nicht in dieser Wohnung bist. Ich habe Mark gesagt, dass er dich in Ruhe lassen soll, aber es wäre gelogen , wenn ich glauben würde, dass er klug genug ist meinen Rat zu befolgen."

„Und Mikhail ist damit einverstanden?"

„Lass mich um ihn kümmern", sagt Luka. „Ist das ein Ja?"

ZWÖLF

Luka

Ich weiß nicht, wie ich Hannah davon überzeugt habe, bei mir einzuziehen, aber sie hat zugestimmt. Unter der Bedingung, dass Mikhail bereit ist, Hannah und Bay unter seinem Dach aufzunehmen.

Wenn ich ihm beweisen kann, dass es gut für Madisyn ist, wird er vielleicht zustimmen.

Ich klopfe an die Bürotür, trete ein und schließe sie hinter mir. „Luka", sagt Mikhail und blickt von seinem Computer auf. „Was für eine Nacht, hm?" Er klappt den Laptop zu und knackt mit den Fingerknöcheln.

Ich setze mich ihm gegenüber in den schwarzen Ledersessel. „Ja, das kann man wohl sagen." Er arbeitet bis spät in die Nacht, deshalb wartet Madisyn wahrscheinlich schon ungeduldig auf ihn. „Ich hatte gehofft, mit dir über die Situation mit Hannah sprechen zu können."

„Der Typ ist ein Arschloch erster Güte. Ich bin froh, dass du dich um sie kümmerst. Es schadet auch nicht, dass sie süß ist. Habe ich recht?"

„Du erinnerst dich nicht an sie?" Ich bin mir nicht sicher, warum ich dachte, dass er sich erinnern könnte. Er war an dem Abend mit mir in der Bar, aber er hat nicht mit ihr gesprochen und schon gar nicht mit ihr geschlafen.

„Sollte ich das?" fragt Mikhail und runzelt die Stirn.

„Wahrscheinlich nicht. Ich habe mich vor ein paar Jahren mit ihr eingelassen. Es hat sich herausgestellt, dass das kleine Mädchen, Bay, von mir ist."

„Scheiße", murmelt Mikhail vor sich hin. „Warum hat sie nicht versucht, dich ausfindig zu machen?"

„Hannah dachte, ich würde in dem Club arbeiten. Ich bin an diesem Abend hinter die Bar gegangen, um uns Drinks zu holen, also kann ich verstehen, wie sie zu dieser Annahme kommen konnte. Sie hat meine Nummer verloren und wusste nicht, wie sie mich erreichen kann."

„Du bist Vater, was?" Mikhail grinst. „Ich wusste nicht das du schneller bist als ich.

„Ich hatte keine Ahnung , dass es ein Wettbewerb ist." Obwohl Madisyn schwanger ist, hat er recht. Dass ich über Nacht Vater geworden bin, ist schon eine ziemliche Überraschung.

„Wann ist es kein Wettbewerb?" Mikhail kichert. „Worüber wolltest du mit mir reden?"

Wenigstens scheint Mikhail gut gelaunt zu sein. „Mir gefällt der Gedanken nicht, dass Hannah in ihre Wohnung zurückkehrt."

Mikhails Blick verengt sich. „Du willst, dass Hannah hier unter meinem Dach wohnt ?"

„Das möchte ich gerne, auf unbestimmte Zeit. Da Bay meine Tochter ist, wäre es schön, die Gelegenheit zu haben, sie kennenzulernen."

Mikhail drückt sich den Nasenrücken. „Hannah weiß nicht, was wir beruflich machen. Verstehst du, dass das ein Problem sein kann?"

Dieser Gedanke ist mir schon durch den Kopf gegangen. „Sie wird es nicht herausfinden, Sir. Madisyn wird es ihr nicht sagen, und ich werde dafür sorgen, dass wir unsere Geschäfte von ihr fernhalten."

„Sie wird unter unserem Dach leben", sagt Mikhail. „Sie wird bestimmt etwas mitbekommen, was sie nicht mitbekommen sollte. Bist du sicher, dass sie loyal ist und nicht zum FBI rennen wird?"

„Wenn sie etwas über unsere Geschäfte wüsste, würde sie nicht bleiben."

„Das wundert mich nicht. Ich schlage vor, dass du dafür sorgst, dass sie es nie erfährt. Finde heraus, was sie aus ihrer Wohnung braucht und sorge dafür, dass der Rest ihrer Sachen auf das Gelände gebracht oder eingelagert wird."

„Ja, Sir", sage ich und stehe auf.

„Eine Sache noch, Luka. Wenn sie hier wohnt, will ich kein Drama. Ihr beide müsst Grundregeln besprechen, bevor ihr euch auf ein Zusammenleben einlasst."

„Grundregeln?"

Wovon zum Teufel redet er da?

„Seid ihr Co-Eltern? Fick-Partner? Wenn sie einen anderen Mann mit nach Hause bringen will, wie willst du dann damit umgehen?"

Meine Hände ballen sich zu Fäusten. „Sie wird niemanden mit nach Hause bringen."

„Gut", sagt Mikhail mit einem leichten Grinsen. „Oh, und ich werde Nikita beauftragen, Mark zu überprüfen."

„Warum? Er ist doch aus Hannahs Leben verschwunden", sage ich. Was bringt es, einen Mann auszugraben, der für sie so gut wie tot sein könnte?

Mikhails Kinnlade spannt sich an. „Betrachte es als eine Vermutung. Du willst ihn vielleicht loswerden, aber ich glaube nicht, dass er so schlau ist, einfach abzuhauen."

Mikhail sollte sich möglichst irren. „Ich werde es mir ansehen", sage ich.

„Nein." Mikhail hält eine Hand hoch. „Du bist zu nah an Hannah dran. Es ist besser, wenn es von einem anderen meiner Männer kommt. Wenn nichts herauskommt, muss Hannah es nie erfahren."

„Und wenn doch etwas auftaucht?"

„Nikita kann der Überbringer der schlechten Nachricht sein", sagt Mikhail.

———

Hannah ist nirgends zu finden. Ich vermute aber, dass sie sich mit Bay in ihrem Schlafzimmer eingeschlossen hat. Ich will sie nicht stören, vor allem nicht, wenn Bay schon schläft.

Das kleine Mädchen zu wecken, wird mir keine Pluspunkte einbringen.

Ich bin nicht müde.

Aufgestaute Energie fließt durch meine Adern. Ich habe anderthalb Stunden im Fitnessstudio damit verbracht, einen der Boxsäcke zu verprügeln.

Ich sollte erschöpft sein.

Mein Körper ist gefühllos, von den geprellten Knöcheln bis zu meinem Herzen. Ich sollte mich nicht so fühlen, wenn ich ständig an Hannah und Bay denke.

Es hilft auch nicht, dass ich sie unter meinem Dach willkommen geheißen habe, eigentlich unter Mikhails. Und ich bin ihm für seine Großzügigkeit etwas schuldig.

Schweiß bedeckt meine Haut und ich greife nach einem Handtuch, das ich mir um den Nacken lege. Mir ist heiß und eiskalt zugleich.

Jeder Atemzug ist laut und rasselnd, während ich versuche, nach dem Training zu Atem zu kommen. In Form zu bleiben, ist für mich ein Muss. Ich bin Leibwächter der Bratva und würde mein Leben für die Männer geben, die ich zu beschützen gelobte.

Ich streiche mir mit dem Handtuch durch die Haare und werfe es in die Wäsche, als ich aus dem Fitnessstudio komme. Ich stoße mit voller Wucht gegen Hannah, als sie um die Ecke des Flurs kommt. Sollte sie nicht im Bett sein?

Meine Hände greifen nach ihren Armen, um sie zu beruhigen.

„Tut mir leid", entschuldigt sie sich. Hannahs Blick wandert von Kopf bis Fuß über meinen Körper.

„Was machst du außerhalb des Bettes?", frage ich, während meine Hände auf ihren Unterarmen bleiben. Mein Griff ist fest, aber nicht hart, während meine Daumenkuppen ihre nackte Haut streicheln.

Sie hat ihren Schlafanzug an. Er ist lässig und bequem, nicht im Geringsten sexy, aber er sieht trotzdem heiß aus—eine dunkelblau karierte Flanellhose und ein festes marineblaues T-Shirt, das ihr bis zu den Hüften reicht. Die Spuren von Marks Misshandlung bedecken ihr Schlüsselbein und ihren Hals. Ich schwöre, dass ich blaue Flecken und einen Handabdruck an ihrem Hals sehen kann.

Hitze überkommt mich wie eine Flutwelle. „Hat er dir das angetan?" Ich kenne die Antwort bereits, aber ich stelle die Frage trotzdem, weil ich entsetzt bin, dass ein Mann Hannah so anfassen kann.

Er hat seine Macht benutzt, um ihr Angst zu machen, sie zu terrorisieren und dazu zu bringen, ihn zu fürchten.

Was für ein Mensch muss man sein eine Frau so zu verletzen, um sie zum Bleiben zu zwingen?

Hannahs leise Stimme unterbricht meine Konzentration, als ich auf die eingebrannten Spuren auf ihrer Haut starre.

„Es sieht schlimmer aus, als es ist", sagt Hannah.

„Rechtfertige seine Taten nicht."

Hannah entzieht sich meinem Griff und streicht ihre Haare mit den Fingern nach vorne, um den Schaden zu verdecken.

„Das tue ich nicht", sagt sie.

Die Narben zu verstecken, lässt sie nicht verschwinden, ist ihr das nicht klar? Hannah hüpft von einem Fuß auf den anderen, weil sie sich unter meiner Beobachtung unwohl fühlt.

„Kannst du nicht schlafen?", frage ich. Warum ist sie noch nicht im Bett , es ist fast Mitternacht.

„Ja, ich schlafe nicht so gut an einem neuen Ort."

Wahrscheinlich hat das damit zu tun, was sie durchgemacht hat. Entspannen könnte helfen. Wenn sie mir gehören würde, könnte ich ihr eine Massage und einen weltbewegenden Orgasmus vorschlagen, damit sie einschläft.

Stattdessen entscheide ich mich für die zweitbeste Lösung.

Alkohol.

„Komm mit", sage ich und mache eine Geste damit sie mir folgt. Ich führe sie in mein Büro und schließe die Tür. „Setz dich."

Sie lacht leise vor sich hin. „Ich fühle mich, als hätte man mich ins Büro des Direktors geschickt", scherzt sie. Sie setzt sich gegenüber von meinem Schreibtisch in einen Ledersessel und entspannt sich.

„Passiert das oft mit Bay?" Das Kind scheint keinen Ärger zu bereiten, ich war aber nicht so viel mit Bay zusammen, gestern Abend nur ein paar Stunden und heute habe ich auch kaum Zeit mit ihr verbracht.

Ein schwaches Lächeln zerrt an Hannahs Lippenwinkeln. „Nein."

Auf dem schwarzen Aktenschrank hinter meinem Schreibtisch steht ein silbernes Tablett mit einer Flasche Scotch und zwei Gläsern. „Trinkst du Scotch?" Ich drehe die Gläser um und öffne eine neue bernsteinfarbene Flasche.

„Normalerweise nicht", sagt Hannah. Sie rümpft die Nase wegen meiner Frage.

„Bleib ruhig sitzen", sage ich und eile in die Küche. Auf dem Gelände ist es um diese Zeit ruhig. Die Wachen arbeiten in Schichten, aber die meisten schlafen schon oder entspannen vor dem Schlafengehen.

Ich hole ein paar Zutaten aus dem Kühlschrank und der Speisekammer und komme mit Zitronensaft, einfachem Sirup und Club Soda zurück.

„Was ist das?", fragt Hannah. Sie hat sich nicht aus ihrem Sessel bewegt, ihre Hände sind auf ihrem Schoß verschränkt.

„Ich mache dir einen Scotch Collins."

„Oh", sagt sie und legt ihren Kopf leicht schief, während sie meine Bewegungen studiert.

Ich trage die Zutaten zum Tisch und bereite ihr einen sprudelnden Drink zu. Ihren heißen Blick hat sie die ganze Zeit auf mich gerichtet. Selbst wenn ich ihr den Rücken zuwende, spüre ich, wie sie mich beobachtet und studiert, was ich tue.

Es ist gut, bemerkt zu werden.

Ich habe ihre Aufmerksamkeit gewonnen, auch wenn es nur in meinem Büro ist.

„Hier, bitte", sage ich und reiche ihr den Cocktail. Ich schenke mir einen Scotch ein und setze mich auf die Schreibtischkante.

Unsere Knie stoßen aneinander.

Sie errötet, setzt sich aufrecht hin und nippt an ihrem Getränk. „Der ist gut", sagt sie. „Obwohl ich mir nicht sicher bin, ob es mir beim Einschlafen helfen wird."

„Du bist angespannt. Ich dachte, es könnte dir helfen, alles aus deinem Kopf zu bekommen ."

„Ist das so offensichtlich?" Hannah schenkt mir ein schwaches Lächeln und richtet ihre Aufmerksamkeit auf ihr Getränk, den Blick auf das Glas gerichtet.

„Du hast eine Menge durchgemacht. Hierherzukommen, um zu bleiben, ist sicher nicht einfach."

Sie klemmt ihre Unterlippe zwischen die Zähne. „Es sollte doch nur für eine Nacht sein", sagt sie, kaum mehr als ein Flüstern. Hannah blickt von ihrem Glas auf. „Ich möchte mich nicht aufdrängen."

„Das tust du nicht", sage ich und stelle mein Scotchglas auf den Tisch. Ich beuge mich vor, umfasse ihr Kinn und zwinge sie, mir in die Augen zu schauen.

„Du hast etwas viel Besseres verdient als dieses Arschloch." Ich bin immer noch wütend über das, was er ihr angetan hat, und die blauen Flecken sind unter dem Licht der Neonröhren sichtbar.

Sie grinst verschmitzt und trinkt den letzten Schluck ihres Alkohols. „Ja, dieses Arschloch konnte mich nicht einmal zum Orgasmus bringen."

„Willst du noch einen Drink?"

„Ja, ich brauche das", sagt sie und drückt mir das leere Glas in die Hand.

Ich stehe auf und gehe quer durch den Raum, um ihr einen neuen Drink zu mixen. Sie grinst und ihre Wangen werden rot. „Du trinkst nicht viel, oder?" Sie scheint beschwipst zu sein.

„Es ist schwer, herauszukommen. Alleinerziehend zu sein, schränkt mein Nachtleben ein."

„Und was ist mit deinem Liebesleben?" Ich schaue über die Schulter zu ihr, während ich ihren zweiten

Cocktail mixe. Ich schenke meinen Scotch nach und reiche ihr das Glas, bevor ich mich wieder an den Rand des Tisches setze.

„Hannah bringt ihren Satz nicht zu Ende und rutscht auf ihrem Sessel hin und her, um es sich bequem zu machen. Vielleicht ist es der Gedanke an ihn, der sie unruhig macht.

„Du brauchst einen Spitznamen für dieses Arschloch", sage ich.

„Einen anderen als Arschloch?" Hannah grinst. „Wie wäre es mit Orgasmuskiller?" Sie starrt mich an, und ich versuche, mich nicht vor Lachen an ihrer Bemerkung zu verschlucken.

„Orgasmuskiller?" Ich führe meinen Scotch an meine Lippen und nehme einen Schluck. Ich brauche einen kräftigen Schluck, wenn ich sie das Wort Orgasmus sagen höre und nicht erregt werde. Sie sieht hinreißend aus in ihrer viel zu großen, dunkel karierten Pyjamahose. Ihre Wangen sind rosig und ich stelle mir vor, wie sich die Röte über ihren Hals bis zu ihren Brüsten ausbreitet.

„Das war das Einzige, wozu er gut war, er hat mir jede Chance auf einen Orgasmus genommen.

Wusstest du, dass man ihn den Zwei-Minuten-Mann nennen könnte?"

Meine Augen weiten sich und ich schlucke den Rest des Scotch hinunter, während sie darüber spricht, wie schrecklich Mark im Bett war.

„Zwei Minuten, das war eigentlich ein Rekord für ihn. Es gab kein Vorspiel. Einfach bumm, bumm, und pass auf, dass du ihn in das richtige Loch bekommst! Und lass mich nicht damit anfangen, dass er versucht hat, schmutzig zu reden. Dirty Talk sollte einfach verboten werden!"

„Das ist ein wenig hart", sage ich.

Sie zieht eine Augenbraue hoch. Ich glaube, ich habe einen Krieg mit meiner *Zaya* begonnen. „Jungs können nicht schmutzig reden. Sie denken, sie können es, aber es kommt lahm und kein bisschen sexy rüber."

Ich sollte es dabei belassen. Hannah kann nicht klar denken, aber ich stimme ihr nicht zu, denn ich bin kein Mann, der untätig daneben sitzt und akzeptiert, was sie sagt.

„Vielleicht sollte ein Zwei-Minuten-Mann nicht schmutzig reden dürfen. Ich bin mir aber sicher, dass mein dreckiger Mund dich feucht machen würde und du mich anflehst , dich zu befriedigen." Ich starre sie mit meinem Blick an.

Hannahs Lippen öffnen sich und sie keucht bei meiner Bemerkung. Ihre Wangen brennen und sie presst das Glas an ihre Lippen um ihren Alkohol auszutrinken. Sie reicht mir das leere Glas. „Noch einen?"

„Ich glaube, du hast genügend getrunken", sage ich.

Ich kann mir nicht vorstellen, dass sie morgen begeistert sein wird, wenn sie sich daran erinnert, wie schlecht Mark im Bett war.

Sie rümpft ihre Nase auf die liebenswerteste Art und Weise, die es gibt, und ihre Unterlippe steht hervor, während sie schmollt. „Bitte? Sonst muss ich ins Bett gehen."

Ich habe noch ein Dutzend anderer Ideen , aber keine davon hat mit Schlaf zu tun. „Ich lasse nicht zu, dass du dich betrinkst."

Hannah kichert. „Dafür ist es zu spät."

Zwei Drinks.

Das ist alles, was ich ihr gegeben habe, vielleicht war es ein bisschen zu viel Scotch. Ich habe den Alkohol nicht genau abgemessen, aber verdammt – sie ist sturzbetrunken.

Hannah steht auf, ohne auf meine Worte zu achten, und schlendert durch mein Büro auf den Schnaps zu.

„Was glaubst du, was du da tust?" Ich ziehe neugierig eine Augenbraue hoch. Ich habe noch nie erlebt, dass sich eine Frau an meinem Alkohol oder an überhaupt etwas in meinem Haus bedient hat. Um ehrlich zu sein, ist Hannah die erste Frau, die ich auf das Gelände mitgenommen habe. Normalerweise werden meine intimen Aktivitäten woanders erledigt.

„Ich hole mir einen Drink, Dummerchen!"

Ich bin froh, dass es ihr besser geht, dass sie sorglos und glücklich ist. Aber ich hasse es, dass die Ursache dafür die Cocktails sind. Ich wäre lieber derjenige, der ihr hilft, über diesen Verlierer hinwegzukommen.

Ich stoße mich vom Schreibtisch ab und stelle mein halb ausgetrunkenes Glas Scotch auf den Holztisch, während ich den Abstand zwischen uns verringere. „Auf keinen Fall."

„Ich habe es satt, dass Männer mir vorschreiben, was ich zu tun und zu lassen habe. Ich bin erwachsen." Hannah stampft mit ihrem nackten Fuß auf, als wolle sie etwas beweisen.

„Einen Wutanfall zu haben, ist nicht gerade erwachsen", flüstere ich und trete von hinten an sie heran. Meine Hände sind auf beiden Seiten von ihr, aber ich berühre sie nicht.

Ich möchte sie anfassen, mit dem Rücken gegen den Schreibtisch drücken, ihre Hose herunterschieben und mich hinknien. Ich würde ihr zeigen, wie es ist, einen fesselnden Orgasmus zu haben, während ihre Beine um meinen Hals geschlungen sind.

Hat sie vergessen, wie es war, als wir zusammen waren? Es war nur eine Nacht, aber ich habe Hannah nie vergessen.

Wie könnte ich auch?

Ich habe schon mit vielen Frauen geschlafen, aber keine von ihnen kam an sie heran. Sie ist rein, unschuldig und weiß nicht , was ich beruflich mache. Diese Art von Geheimnis macht die Anziehung noch heißer und viel tödlicher.

Hannah wackelt mit ihrem Hintern an meiner Leistengegend. Als ich noch einen Anzug trug, konnte meine Kleidung mein Verlangen besser verbergen.

Aber jetzt trage ich eine Jogginghose und ein T-Shirt, weil ich im Fitnessstudio trainiert habe. Ich habe nicht damit gerechnet, Hannah spätabends im Flur zu treffen.

Sie greift mit ihrer Hand in mein Haar und zieht mich näher an sich, während sie sich an mir räkelt. „Ich will, dass du mich fickst."

„Das will ich auch", flüstere ich ihr ins Ohr.

„Gut", sagt sie und dreht sich in meiner Umarmung herum. Ihr Mund verschließt sich mit meinem und ihre Arme legen sich um meinen Hals.

In meinem Büro steht ein Sofa an der Wand, und ich hebe sie in meine Arme und setze sie auf die schwarze Ledercouch.

Ich klettere auf sie und fessle ihre Arme über ihrem Kopf.

Ich sollte sie nach oben schicken und sie ins Bett stecken. Aber ich bin kein Gentleman.

Sie wimmert und stöhnt, schlingt ihre Beine um mich, ihr Rücken wölbt sich und ihre Hüften stoßen gegen meine. Ich kann ihre Verzweiflung spüren. Aber ich werde ihr nicht geben, was sie will, nicht so schnell.

„Ich will hören, wie du meinen Namen schreist", flüstere ich ihr ins Ohr, ohne Rücksicht darauf, ob ich damit das ganze Gelände aufwecke.

DREIZEHN

Hannah

Ich hatte vielleicht zwei Drinks, aber ich bin mir voll bewusst, was ich gleich mit Luka Ivanov in seinem Büro machen werde.

In den letzten zwei Tagen hat Luka mich viel mehr fühlen lassen, als dieser Verlierer es je getan hat. Warum wollte ich Mark heiraten?

Oh, richtig, Stabilität.

Lukas Hände sind rau und stark, als er mich gegen das kalte Leder drückt. Seine geflüsterten Worte „Ich möchte dich meinen Namen schreien hören", lassen mich erschaudern.

Es ist schon zu lange her, dass ich die drohende Flut über mich hereinbrechen spürte. Sex war zu einer lästigen Pflicht geworden, zu einem Muss.

Ich habe das Gefühl, dass es mit Luka nicht so sein wird. Beim letzten Mal war es jedenfalls nicht so. Wie könnte ich diese Nacht vergessen?

Er fährt mit seiner Zunge an meinem Hals entlang und keucht, als ich unter seinem Gewicht zappele. Ich schlinge meine Beine um ihn und ziehe ihn an mich heran, um sein Gewicht zu spüren.

„Du willst kommen, nicht wahr, *Zaya*?" Seine Lippen wandern hinunter zu meinem Bauch, während er meine Arme loslässt.

„*Zaya*?" Ist das sein Kosename für mich?

Ich lockere meine Beine um ihn und überlasse ihm die Kontrolle, nur dieses eine Mal.

Er antwortet nicht mit Worten. Luka schiebt mein Baumwollhemd höher, während seine Zunge in meinen Bauchnabel eintaucht und er eine Spur von warmen Küssen über meinen Bauch zieht. Seine Finger kitzeln den Bund meiner Hose und streicheln meine nackte Haut.

Mein Bauch flattert unter seiner Berührung.

„Kondom?", frage ich.

„So etwas habe ich nicht in meinem Büro", murmelt Luka gegen meinen Bauch.

„Hast du deshalb eine Ledercouch in deinem Büro?" Ich sollte erleichtert sein, dass er es sich nicht zur Gewohnheit macht, Frauen hierherzubringen.

Er lächelt warm und seine Augen blicken auf mich herab. „Nein, das ist es nicht."

Ich setze mich auf das Sofa, und Luka zieht mich wieder runter.

Er spreizt meine Hüften, seine Hände umklammern meine und pressen sie in das Sofa. „Was glaubst du, wo du hingehst?"

„Du hast kein Kondom", sage ich.

„Nicht in meinem Büro. Ich habe eins oben, in meinem Schlafzimmer." Er beugt sich hinunter, seine Lippen kitzeln meine auseinander, während ich ihn in mich aufnehme.

Ich will ihn küssen. Ihn schmecken. Ihn verschlingen.

„Ich habe dir meine tiefsten, dunkelsten Geheimnisse nicht erzählt, damit du mit mir Sex hast", gestehe ich. Das war nicht der Grund, warum ich ihm von Mark erzählt habe. Ich bin mir nicht sicher, warum ich ihm gesagt habe, dass der Sex schrecklich war und ich mich nach der Berührung eines echten Mannes sehne.

Lukas Augen glitzern. Er rührt sich nicht von seiner Position über mir und hält mich zwischen ihm und der Ledercouch gefangen.

„Glaub mir, das ist nicht der Grund, warum ich das tue, *Zaya*", sagt Luka. „Du verdienst es, angebetet zu werden, aber ich bin kein selbstloser Mann."

Ich beuge mich für einen Kuss vor und bringe ihn zum Schweigen. Er hat meinen Körper in Brand gesteckt und ich will nicht, dass dieser Moment endet. Luka ist einfach perfekt, und ich habe den Preis noch nicht einmal ausgepackt.

Seine Lippen wandern zu meinem Hals und seine Hand streift meine Seite. Ich wimmere wegen der blauen Flecken, die Mark auf meiner Haut hinterlassen hat. Die Narben sind immer noch frisch und schmerzhaft.

Luka spürt, dass ich mich unwohl fühle. Jeder Anflug von Ruhe ist dahin. „Ich bringe ihn um", knurrt Luka, während sich seine Oberlippe kräuselt.

Seine Worte jagen mir einen Schauer über den Rücken. „Das war ein Fehler", sage ich.

Luka zieht die Stirn in Falten. Durch seinen prüfenden Blick fühle ich mich so ungeschützt wie die Wunden, die Mark hinterlassen hat. Ich lege eine Hand auf Lukas Brust und schiebe ihn sanft weg.

Ich bin noch nicht bereit für das hier, für uns.

Luka rückt vom Sofa ab und lässt mir viel Platz. Er fährt sich mit den Fingern durch die Haare und atmet tief und schwer, während er weiter zu seinem Schreibtisch zurückgeht.

„Bist du verärgert ?" Ich setze mich auf das Sofa und bringe meine Kleidung in Ordnung, die von unseren Aktivitäten etwas zerzaust ist.

„Warum sollte ich sauer sein?" fragt Luka. Er lässt seine Hände an die Seiten fallen.

Ich antworte nicht. Ist das nicht offensichtlich? „Ich enttäusche dich", sage ich.

Er lässt sich auf die Knie sinken, streicht mir eine Haarsträhne hinters Ohr und hebt mein Kinn an, damit ich ihn ansehen kann. „Du könntest mich nie enttäuschen, *Zaya*."

„Was ist mit Hannah? Enttäuscht dich Hannah?" frage ich. Es klingt komisch, meinen Namen auszusprechen, aber ich weiß nicht, warum er mich ständig *Zaya* nennt. Das ist nicht mein Name. Wünscht er sich, dass ich jemand anderes bin?

Er zieht mich auf seinen Schoß, als er sich wieder auf das Sofa setzt. „Es ist ein Kosename", flüstert Luka. Seine Finger streichen über mein Haar und spielen mit den Strähnen. „Du gehörst mir." Lukas Griff wird fester, als er mich an sich drückt.

Mein Mund ist trocken, und meine Stimme kommt heiser und rau heraus. „Dein?" Er hat den Verstand verloren. „Wir kennen uns erst seit zwei Tagen, Luka."

„Wir haben eine gemeinsame Tochter."

Er ist verrückt. Das ist die einzige Erklärung für seine Besessenheit. „Ja, du hast Bay mit gezeugt, aber sie ist meine Tochter."

„Sie ist genauso meine wie deine." Lukas' Stimme dröhnt in dem kleinen Raum. „Ich wäre für sie und dich da gewesen, wenn ich gewusst hätte, dass es sie gibt."

Ich steige von seinem Schoß herunter, stehe auf und verschränke die Arme vor der Brust. „Ich habe versucht, dich zu erreichen. Ich habe alles getan, was ich konnte, ich bin zurück in die Bar gegangen, wo wir uns kennengelernt haben, aber niemand wusste, wer du bist."

Glaubt er mir denn nicht?

„Ich weiß, du hast es mir gestern Abend gesagt", sagt Luka. „Ich zweifle nicht an dir. Es gefällt mir nicht, dass ich Bays Geburt, ihre ersten Worte und ihre ersten Schritte verpasst habe. Ich möchte für sie und dich da sein."

„Du kennst mich doch kaum", sage ich. „Es ist verrückt, dass ich hier bei dir lebe." Denkt er nicht, dass es zu früh ist? Warum habe ich die Gelegenheit nicht beim Schopfe gepackt? Ich könnte mir ein Hotel für ein paar Nächte nehmen und mich genauso gut von Mark fernhalten.

Luka steht nicht auf. Er lässt mir Platz, während er zu mir hochschaut. Er faltet seine Hände zusammen. Sein Ton ist fest und entschlossen, aber nicht im Geringsten bedrohlich. „Da bin ich anderer Meinung. Mark ist da draußen und solange ich nicht mit absoluter Sicherheit weiß, dass er weder dir noch unserer Tochter etwas antun wird, kann ich dich nicht mit gutem Gewissen gehen lassen."

Ich lache über seine Worte. Das ist nicht sein Ernst. „Du hältst mich gegen meinen Willen hier fest?"

Er presst seine Lippen aufeinander. „Mach das nicht zu einem Kampf, Hannah. Du kannst kommen und gehen, wie du willst, aber ich traue Mark nicht und ich glaube nicht, dass es sicher ist, wenn du nach Hause gehst."

„Mark verlässt meine Wohnung." Hatte Luka mir das nicht gesagt? Mark hatte verstanden, dass es zwischen uns aus ist und er aus unserem Leben verschwinden soll . „Er packt seine Sachen und ist bald weg."

„Ja, aber was wird ihn nicht davon abhalten, wiederzukommen? Männer wie Mark verschwinden nicht einfach von selbst."

„Was soll ich deiner Meinung nach tun?"

„Ich habe dich bereits eingeladen, hierzubleiben", sagt Luka. Er streckt seine Arme aus und verschränkt sie hinter seinem Kopf. „Warum streiten wir?"

„Ich weiß es nicht. Du hast angefangen", platze ich heraus.

Luka steht auf, packt mich an der Taille und wirft mich über seine Schulter.

„Lass mich runter!", schreie ich.

„Vertraust du mir?" Seine Stimme ist rau und tief.

Sie lässt meinen Magen in Ohnmacht fallen. Er strahlt eine Dominanz aus, die Mark nie besessen hat. Er wollte vielleicht dominant sein, aber er war weit davon entfernt, das Kommando zu übernehmen.

„Ich kenne dich kaum", flüstere ich. Meine Stimme bricht und er trägt mich über seiner Schulter, während er auf die Bürotür zugeht.

„Kannst du still sein?"

Nein, das kann ich wirklich nicht.

Ich gebe kein leeres Versprechen ab, und er atmet mit einem schweren Seufzer aus und setzt meine Füße auf den Boden. „Du vertraust mir wirklich nicht. Ich sollte den Mistkerl umbringen, der dich verletzt hat."

Was soll ich darauf antworten? Er hat nicht unrecht, Mark ist ein Arschloch, aber er war nicht immer so. Sicherlich nicht bei Bay oder mir.

Aber es gab Anzeichen, offensichtliche rote Fahnen, die ich eklatant ignoriert habe. Das Erste war, wie er seine Kollegen behandelte. Er machte sie herunter und prahlte vor mir mit seinen Leistungen.

„Komm mit", sagt Luka und nimmt meine Hand, um mich aus seinem Büro zu führen.

Ich gehorche. Ich folge Luka die Treppe hinauf. Bringt er mich in mein Schlafzimmer?

Wir gehen an der Tür zu meinem Zimmer vorbei, in dem Bay tief und fest schläft, zum Ende des Flurs. Seine Hand lockert sich nicht, als er mich in den dritten Stock begleitet.

„Wo bringst du mich hin?", flüstere ich, weil ich niemanden wecken will.

„Du musst dich entspannen und ich brauche noch einen Drink", sagt Luka.

Ist es nicht das, was uns überhaupt erst in diesen Schlamassel gebracht hat? Na ja, zumindest heute Abend. „Bist du sicher, dass das eine gute Idee ist?"

Er lässt meine Hand los und schaut mich über seine Schulter an. Ich nehme an, er lässt mich gehen. Wenn ich gehen und in mein Zimmer zurückkehren will, kann ich das tun. Aber ich gebe ungern zu, dass ich neugierig bin, was er vorhat. Ich habe das Gefühl, dass das Sexschiff bereits abgefahren ist.

Er geht die letzten Stufen hinauf, und ich folge ihm.

Der Korridor ist schwach beleuchtet, die Lichter in der Halle sind ausgeschaltet, bis auf ein paar vereinzelte Lampen, die den Weg beleuchten. Es gibt mehrere Räume, die Türen sind jeweils geschlossen. Schlafen hier die Wachen?

Wir gehen an drei Türen vorbei, und von der vierten auf der linken Seite öffnet Luka den Griff und tritt ein. Ich folge ihm und er knipst eine Lampe an, die den Raum in ein sanftes, warmes Licht taucht, bevor er die Tür schließt.

„Bist du müde?" fragt Luka und wirft einen Blick über seine Schulter auf mich.

„Nicht wirklich", sage ich. „Ich weiß, dass es spät ist, aber ich glaube, mein Gehirn ist überreizt." Das werde ich morgen ausbaden müssen, wenn ich aufstehen muss weil Bay im Morgengrauen hellwach ist.

„Ich hoffe, du widersprichst mir nicht bei meinem nächsten Vorschlag", sagt er und geht durch das Schlafzimmer, um eine Tür zu öffnen.

Ist das ein Kleiderschrank? Ich stehe mit den Füßen fest auf dem Teppichboden. „Ich schwöre, Luka, wenn du die Tür zu einem roten Zimmer öffnest, bin ich weg."

Er öffnet die Nachbartür, schaltet das Licht an und grinst. „Es ist ein Badezimmer", sagt er. „Ich bin überrascht, dass du weißt, was ein rotes Zimmer ist, Zaya. Ich hätte dich nie für so einen Typ gehalten."

„Bin ich auch nicht", sage ich und räuspere mich. Ist es hier drin warm geworden?

„Stimmt", sagt er mit einem süffisanten Lächeln. „Ich werde das im Hinterkopf behalten. Du stehst nicht auf ein bisschen grobes Spiel."

„Ein bisschen grobes Spiel?" Mir fällt die Kinnlade herunter und sein Grinsen scheint nur noch breiter zu werden.

„Entspann dich, *Zaya*. Ich werde dir ein Bad einlassen. Werd' nur nicht ohnmächtig. Okay? Ich mache das nicht, damit du in der Wanne ertrinkst."

Meine Schultern entspannen sich. „Bad?" Das ist das einzige Wort, das mir in den Sinn gekommen ist. „Ich könnte unten ein Bad nehmen."

„Du hast keine eigene Badewanne mit Düsenstrahl." Luka geht ins Bad und dreht den Wasserhahn auf.

Ich ziehe meine Unterlippe zwischen die Zähne und verschränke die Arme vor der Brust. Die Idee klingt fantastisch, aber ich bin mir nicht sicher, ob ich in Lukas Zimmer ein Bad nehmen sollte. „Willst du mich nackt sehen?"

„Vielleicht", sagt Luka mit einem schiefen Grinsen. „Aber du kannst die Tür abschließen, damit du ungestört bist. Und ich bin ein Gentleman. Ich werde nur hereinplatzen, wenn es brennt oder Bay wach ist", sagt er.

„Gut zu wissen, wo deine Prioritäten liegen", sage ich, trete näher und werfe einen Blick in das Badezimmer.

Es ist kein gewöhnliches Badezimmer, wie ich erwartet habe. Es ist so lang wie Lukas Schlafzimmer. Es ist zwar etwas schmaler als sein Zimmer, aber es ist luxuriöser als alles, was ich bisher sah.

„Das gehört alles dir?" Ich staune. „Es ist riesig!"

„Danke", sagt Luka mit einem schiefen Grinsen. „Das hört jeder heißblütige Mann gerne."

„Dein Badezimmer. Denk doch mal nach." Ich stoße ihn mit der Schulter an, als ich auf die warmen Fliesen trete. „Oh mein Gott! Sogar der Boden ist beheizt."

Luka zuckt mit den Schultern und verschränkt die Arme vor der Brust. „Es wird nicht so oft benutzt, wie es sollte."

„Haben alle von Mikhails Männern so luxuriöse Unterkünfte? Vielleicht sollte ich meinen Job kündigen und für deinen Chef arbeiten."

„Denk nicht einmal daran", sagt Luka und fixiert mich mit seinem Blick.

Sein heißer Blick lässt meinen Mund trocken werden und ich schlucke nervös. Meine Stimme kommt heiser heraus. „Warum nicht?"

Ist er besorgt, dass wir zu viel Zeit miteinander verbringen?

„Es ist schon spät und das ist kein Thema für heute Abend", murmelt er vor sich hin.

Luka holt ein gefaltetes Handtuch aus dem Schrank und legt es neben das Waschbecken. „Brauchst du noch etwas?", fragt er.

„Ich weiß nicht, was. Vielen Dank."

„Gern geschehen." Luka geht aus dem Bad und lässt mich mit der fast fertigen Badewanne zurück.

Er schließt die Tür, und ich schließe sie hinter ihm ab, bevor ich mich ausziehe. Ich lasse mich in die Wanne sinken und schließe den Wasserhahn, bevor ich die Düsen aufdrehe.

Es fühlt sich wunderbar an.

Muss ich mir Sorgen machen, dass das ganze Haus vom Geräusch der Badewannendüsen geweckt wird?

Luka scheint sich keine Sorgen zu machen. Warum sollte ich es?

Jeder Muskel in meinem Körper entspannt sich und mein rasender Verstand kann sich endlich beruhigen. Ich war schon im Kampf- oder Fluchtmodus, bevor ich die Wohnung verlassen habe.

Ich schließe meine Augen und bin mir nicht sicher, wie viel Zeit vergangen ist.

Das Wasser ist immer noch warm, aber nicht mehr kochend heiß, aber die Anspannung in meinen Schultern scheint sich aufgelöst zu haben.

Luka stürmt durch die Badezimmertür.

Ich öffne den Mund, um ihn anzuschreien, dass er verschwinden soll, als ich bemerke, dass Bay in seinen Armen liegt. Ihr Gesicht ist rot und fleckig.

„Schlechter Traum", schnieft sie und klettert aus Lukas Armen.

Nachdem er ihre Füße auf den Boden gestellt hat, schnappt er sich das Handtuch vom

Badezimmertisch. „Tut mir leid, dass ich dich gestört habe."

Er ist höflicher, als ich dachte, abgesehen davon, dass er mit Bay in das Badezimmer eingedrungen ist. Ich dachte, ich hätte die Tür abgeschlossen, aber er muss einen Schlüssel benutzt haben, um sie aufzuschließen.

„Ich war fertig", sage ich. Ich hatte lange genug im Wasser verbracht.

Ich schnappe mir das Handtuch aus seinen Händen und gebe ihm ein Zeichen, sich umzudrehen.

Ich wickle das flauschige weiße Handtuch um mich und lasse die Badewanne ab.

Luka verlässt das Bad nicht. Obwohl der Raum nicht überfüllt ist, fühlt er sich durch seine Anwesenheit kleiner an.

„Könntest du mir etwas Privatsphäre geben?", frage ich. Ich bin noch nicht ganz bereit, dass er mich nackt sehen kann.

„Klar, ich bin gleich auf der anderen Seite der Tür." Luka geht aus dem Bad und schließt leise die Tür hinter sich.

„Mama", jammert Bay und ich beuge mich zu ihr hinunter, umarme sie und gebe ihr einen Kuss. Ich versuche, ihren Pyjama nicht nass zu machen, aber das ist ihr egal.

Ich trockne mich so schnell wie möglich ab und werfe meine Klamotten von vorhin über, bevor ich Bay in meine Arme nehme und wir aus dem Bad gehen.

Luka sitzt am Rande des Bettes. „Ich wusste nicht, was ich mit ihr machen sollte."

„Woher wusstest du, dass sie einen Albtraum hatte?" Bay schlief im zweiten Stock. Ich schwöre, wenn er nach unten gegangen ist und sie geweckt hat, damit er einen Blick auf mich in der Badewanne werfen kann, bringe ich ihn um.

„Sie kletterte aus dem Bett und fing an, im Flur zu schreien. Eine der Wachen, Nikita, hat sie gefunden und als er dich nicht finden konnte, hat er an meiner Tür geklopft."

Bay stützt ihren Kopf auf meine Schulter und vergräbt ihre Hände an meiner Brust, während sie sich an mich kuschelt. Ich tue mein Bestes, um meine Stimme ruhig zu halten. Ich möchte Bay nicht aufschrecken. Sie hat sich endlich beruhigt und schläft hoffentlich gleich wieder ein.

„Warum sollte er das tun?", frage ich.

„Er weiß von meiner Beziehung zu dir und Bay", sagt Luka.

Es gibt keinen Grund, es zu verheimlichen, aber ich bin überrascht, dass sich das unter Lukas Kollegen schnell herumspricht. „Wissen es alle?", frage ich.

Luka zuckt mit den Schultern. „Ist das wichtig?"

Er hat recht, das ist es nicht, und schon bald werden die, die es bis jetzt nicht wissen, herausfinden. „Es ist schon spät. Wir sollten jetzt ins Bett gehen." Ich streichle Bays Rücken, und sie schmiegt sich an mich. Ihr Atem wird tiefer und ich hoffe, dass sie schnell einschläft, wenn wir wieder im Bett sind.

„Soll ich dich zurück in dein Zimmer bringen?"

„Ich glaube, wir finden es", sage ich. Ich gehe auf die Zimmertür zu und Luka öffnet sie für mich.

„Lass mich Bay die Treppe runtertragen."

So verlockend dieses Angebot auch ist, ich bezweifle, dass Bay damit einverstanden ist, da sie endlich still ist. „Ich möchte sie nicht verärgern. Wir kommen schon zurecht. Danke, Luka."

Mit Bay auf dem Arm schlendere ich aus seinem Zimmer und gehe vorsichtig die Treppe hinunter zurück in unser Schlafzimmer. Ich stecke Bay unter die Decke. Sie rollt sich sofort auf den Bauch und schließt die Augen, während sie wieder einschläft.

Ich brauche etwas länger, um einzuschlafen, aber es ist schon spät und in ein paar Stunden muss ich für Bay wieder aufstehen und wach sein.

———

Die Morgendämmerung bricht an, bevor ich bereit bin, den Tag zu beginnen. Bay hat andere Ideen, hüpft auf dem Bett herum, versucht mich zu kitzeln und stellt sicher, dass ich mit ihr wach bin.

„Komm, wir machen dich für den Kindergarten fertig."

Nachdem ich geduscht und mich angezogen habe, helfe ich Bay aus ihrem Pyjama und ziehe ihr einen Spielanzug an. Ich bürste ihre Haare und stecke sie zu Zöpfen, damit sie sich nicht verheddern.

Nachdem wir uns fertig gemacht haben, gehen wir nach unten und ich setze sie auf einen Hocker am Tresen damit sie frühstücken kann.

„Suchst du etwas?", fragt Luka.

Ich habe nicht gehört, dass Luka in die Küche gekommen ist. Ich schaue zu ihm hin. Er trägt bereits einen eleganten schwarzen Anzug mit Krawatte und darunter ein weißes Hemd.

„Müsli. Joghurt. Haferflocken. Etwas für Bay", sage ich und hoffe, dass er zumindest eines dieser Dinge im Kühlschrank oder in der Speisekammer hat.

„Es gibt Pfannkuchenteig. Eier und Speck sind auch im Kühlschrank."

Bay rümpft die Nase und streckt die Zunge heraus. Nichts davon klingt für mein Kind erstrebenswert. Sie ist unglaublich wählerisch und es ist egal, wie viele verschiedene Lebensmittel ich ihr vorschlage, sie isst immer die gleichen Dingen.

„Wir können später auf dem Weg zu deiner Wohnung in einem Laden vorbeischauen und etwas mitbringen, was sie essen kann", sagt Luka.

„Ich muss sie im Kindergarten absetzen, bevor ich in die Wohnung gehe.

Luka geht weiter in die Küche, vorbei an der Insel und dem Tresen. Er öffnet den Kühlschrank und holt eine Flasche Orangensaft heraus. „Magst du das Zeug?", fragt er, schüttelt die Flasche und schaut Bay an.

Sie nickt energisch und ein breites Grinsen breitet sich auf ihrem Gesicht aus.

„Sie bekommt nicht so oft Saft", sage ich.

„Welche Mutter gibt ihrem Kind keinen Orangensaft?", fragt Luka.

Ich verschränke meine Arme vor der Brust. „Stellst du meine Erziehungsentscheidungen in Frage?" Er weiß erst seit diesem Wochenende, dass er Vater ist, und schon glaubt er zu wissen, was das Beste für meine Tochter ist.

Luka hält die Orangensaftflasche in einer Hand und streckt die Arme aus, um sich zu ergeben. „Ich wollte nicht, dass es zu einem Kampf kommt."

Ich krame in den Schränken herum und suche nach Getränken. Nachdem ich den vierten Schrank geöffnet habe, greife ich nach dem kleineren Saftglas und stelle es auf den Tresen.

„Ist das für dich oder für Bay?", fragt Luka.

„Bay", sage ich.

Er füllt das Glas bis zur Hälfte, bevor er den Orangensaft über den Tresen schiebt.

„Kann ich mir dein Handy ausleihen, bevor wir in die Wohnung gehen?", frage ich.

„Das kommt darauf an, wen du anrufen willst."

Glaubt er, dass ich Mark anrufen würde? Ich habe letzte Nacht nicht genug Schlaf bekommen. Ich tue mein Bestes, um mich nicht mit Luka zu streiten, aber alles scheint mich heute Morgen zu verärgern.

„Meinen Chef auf Arbeit. Ich habe die gestrige Schicht verpasst und möchte ihr erklären, was los ist. Ich wäre heute Morgen zu ihr gegangen, um mit ihr zu sprechen, aber ich sollte wohl noch ein paar Sachen aus der Wohnung holen."

„Was brauchst du aus deiner Wohnung? Ich werde es für dich abholen", sagt Luka.

„Das ist nicht nötig. Ich kann vorbeigehen, nachdem ich Bay in den Kindergarten gebracht habe."

Luka holt sein Handy aus der Tasche und entsperrt das Gerät, bevor er es mir gibt. „Ich passe auf Bay auf, während du mit deinem Chef redest."

„Danke", sage ich und nehme ihm das Telefon aus der Hand. Ich verlasse die Küche und wähle die Telefonnummer der Arbeit. Ich drücke das Telefon an mein Ohr und gerade als ich den Flur erreiche, ertönt Bays Stimme im Raum.

„Bist du mein Daddy?", fragt Bay.

Ich werfe einen Blick über die Schulter, während Bay zu Luka aufschaut, und höre am anderen Ende des Telefons ein raues „Hallo?".

VIERZEHN

Luka

Bay hat mich gerade gefragt, ob ich ihr Vater bin.

Hannah hat ein tadelloses Timing. In dem Moment, in dem sie Bays Stimme hört, telefoniert sie mit ihrem Chef oder tut so, als würde sie es tun.

„Ja", sage ich. Ich habe nicht vor, Bay anzulügen. Es war nicht meine Entscheidung, das ich nicht schon immer an ihrem Leben teilhaben konnte.

Sie führt das Glas Saft mit beiden Händen an ihre Lippen und trinkt es aus. „Noch mehr Saft?"

„Erlaubt dir deine Mutter, mehr Saft zu trinken?", frage ich.

Bays Lippen schließen sich, aber ihr Lächeln wird noch breiter, als sie ihr Kinn zu mir hebt. Ich nehme an, dass das ein Nein bedeutet. „Bitte?"

Ich fülle Bays Glas bis zur Hälfte mit Orangensaft auf. Das ist besser, als mit ihr darüber zu reden, wer ihr biologischer Vater ist. Dieses Gespräch muss Hannah führen, wenn die Zeit reif ist.

Bay führt das Glas mit beiden Händen an ihre Lippen und nippt an ihrem Orangensaft.

Hannah eilt zurück in die Küche und gibt mir mein Handy zurück.

„Ist alles in Ordnung mit der Arbeit?"

„Ja, ich muss später am Nachmittag eine Schicht übernehmen. Kannst du Bay vielleicht vom Kindergarten abholen?" Hannah presst ihre Unterlippe zwischen die Zähne.

Ist sie nervös, weil sie mich gebeten hat, auf Bay aufzupassen?

„Ich glaube, das schaffe ich schon", sage ich. „Vorausgesetzt, der Kindergarten lässt mich sie nach Hause bringen."

„Wenn ich sie heute Morgen absetze, werde ich dich auf die Abholliste setzen.

„Und streiche Mark von dieser Liste."

Ich will nicht, dass er auftaucht und Bay entführt. Der Mann ist ohnehin schon aus dem Gleichgewicht geraten. Wenn er die Gelegenheit hat, Hannah zu treffen und ihr wehzutun, würde ich ihm das zutrauen.

Bay trinkt ihr Glas Orangensaft aus, danach gehen wir drei zum Auto. In der Garage steht ein zusätzlicher Kindersitz der den Zwillingen von Mikhails Schwester gehörte als diese noch auf dem Gelände wohnten.

Ich schnappe mir die Sitzerhöhung und befestige sie auf dem Rücksitz, bevor Bay ins Auto klettert.

„Du hast nicht zufällig eine zweite Sitzerhöhung?" Hannah zieht die Stirn in Falten und verschränkt die Arme vor der Brust.

„Wie die Spielsachen, die ich Bay neulich zum Spielen gegeben habe, war die Sitzerhöhung für Mikhails Nichte und Neffen. Früher liefen Zwillinge in den Fluren herum."

Hannah lächelt schwach. „Das kann ich mir nicht vorstellen. Obwohl das Haus kindersicherer zu sein scheint, als ich gedacht hätte." Sie klettert auf den Beifahrersitz, nachdem sie sich vergewissert hat, dass Bay im Kindersitz angeschnallt ist.

Ich starte den Motor und warte, bis Hannah sich angeschnallt hat. „Willst du, dass ich gleich zum Supermarkt fahre, um ein paar Frühstücksartikel zu besorgen, oder haben wir noch Zeit, etwas essen zu gehen?" Ich weiß nicht, um wie viel Uhr Bay im Kindergarten sein muss.

„Halte einfach am Lebensmittelladen an und ich laufe schnell rein", sagt Hannah.

Ich bin nicht begeistert, dass sie allein geht, aber ich bezweifle, dass Mark da sein wird. Ich habe meine Pläne bereits mit Mikhail besprochen, der sich die Zeit nimmt, um Hannah zu helfen. Er war einverstanden, vor allem nach der letzten Nacht und Marks Auftauchen auf dem Gelände.

Ich verlasse das Gelände durch das Tor und fahre auf die Hauptstraße, um sicherzugehen, dass wir nicht verfolgt werden.

„Bist du sicher, dass er nicht im Haus sein wird?",
fragt Hannah und wirft mir einen Blick zu, als ich
auf den Supermarkt zusteure.

Sie zappelt mit ihren Händen herum. Ich spüre, dass
sie ängstlich ist, und obwohl sie versucht, Bay
gegenüber so zu tun, als sei sie ruhig und gefasst,
durchschaue ich diese Scharade sofort.

„Wenn er es ist, wird er nicht bleiben." Ich habe eine
Ersatzwaffe im Handschuhfach, aber keine Waffe
bei mir. Das Letzte, was ich will, ist, dass Hannah
Fragen stellt oder Angst davor bekommt, was ich
beruflich mache.

Außerdem habe ich nicht vor, Hannah allein zu
lassen, bis ich sie an ihrer Arbeit abgesetzt habe.
Auch ohne eine Waffe kann ich Marks Arsch mit
einer Hand ausschalten.

„Ich hoffe, du hast recht", flüstert Hannah. Sie wirft
einen Blick aus dem Seitenfenster und seufzt leise.

„Willst du im Auto bleiben, während ich in den
Supermarkt gehe?"

Sie lächelt schwach und schüttelt den Kopf. „Das ist
nicht nötig. Ich werde mich beeilen. In ein paar
Minuten bin ich wieder draußen."

Ich hätte einen von Mikhails anderen Wächtern bitten sollen, uns zu begleiten, wenn ich mir Sorgen machen muss, aber Hannah wird es schon schaffen.

Ich werfe immer wieder einen Blick in den Rückspiegel. Es ist viel Verkehr, aber keine Fahrzeuge die uns folgen. Es hilft auch, dass ich die Sim-Karte für Hannahs Telefon weggeworfen habe, denn ich bin mir sicher, dass Mark sie so letzte Nacht aufgespürt hat.

Ich fahre vor den Supermarkt und schließe die Wagentür auf. Hannah steigt aus und geht direkt durch die automatischen Türen hinein.

In weniger als fünf Minuten ist sie mit zwei Plastiktüten voller Lebensmittel zurück. „Ist das alles zum Frühstück?" frage ich, als sie wieder ins Auto klettert.

„Bay muss ein Frühstücksbrot mit in den Kindergarten nehmen. Und ich werde sie auch frühstücken lassen, wenn sie dort ankommt, anstatt dass sie Joghurt isst und dein Auto damit voll kleckert."

Ich kichere. „Das Auto kann gewaschen werden. Das ist keine große Sache. Um wie viel Uhr soll ich sie abholen?"

Hannah schnappt sich den Sicherheitsgurt, zieht ihn über die Brust und lässt die Schnalle einrasten. „Die Abholung ist um 14:30 Uhr."

„Ich sorge dafür, dass ich früher da bin. Entspann dich", sage ich und lege meine Hand auf ihren Arm. „Ich kann mich um meine Tochter kümmern."

Hannah atmet scharf ein.

„Was?" frage ich.

Sie wirft einen Blick auf Bay, die sich nicht im Geringsten für unser Gespräch zu interessieren scheint. „Was hast du gesagt, als sie dich gefragt hat, ob du ihr..."

„Daddy?" Ich wiederhole Bays Bemerkung von vorhin. „Ja. Ich wollte meine Tochter nicht anlügen, aber ich habe mich auch nicht auf eine Erklärung eingelassen."

„Okay, gut." Hannahs Schultern entspannen sich.

Ich fahre vom Supermarkt weg und Hannah erklärt mir den Weg zum Kindergarten. Er liegt am anderen

Ende der Stadt, in der entgegengesetzten Richtung des Geländes.

Der Verkehr ist dicht, und als wir endlich ankommen, gehen wir drei gemeinsam hinein. Ich will sichergehen, dass sie wissen, wer ich bin und mich später wiedererkennen, wenn ich Bay heute Nachmittag abholen muss.

Nachdem Hannah den Papierkram ausgefüllt und aktualisiert hat, einschließlich der Streichung von Mark von der Liste, gehen wir nach draußen.

Beim Gehen berühre ich sie leicht. „Ich muss dich etwas fragen, ist dieser Ort etwas

Besonderes ?"

„Was meinst du?" Hannah bleibt stehen und dreht sich zu mir um.

„Der Kindergarten ist am anderen Ende der Stadt. Die Nachbarschaft ist nett, aber es gibt näher gelegene Orte, an denen wir Bay anmelden könnten."

„Du willst den Kindergarten wechseln, weil es für dich unbequem ist, sie dort abzusetzen?" Hannah schüttelt den Kopf, braust an mir vorbei und geht zum Auto. „Mach dir keine Sorgen. Du musst sie nach dem heutigen Tag nicht mehr absetzen oder abholen."

„Hannah, das ist nicht fair." Sieht sie denn nicht, dass sie bei mir auf dem Gelände wohnen wird und dass der Weg dorthin sehr weit ist? Es gibt viele andere Kindergärten in der Nähe. Ich kann vier aufzählen, an denen wir auf dem Weg vorbeigefahren sind.

Sie klettert auf den Vordersitz und knallt die Tür zu.

Ich gehe um das Auto herum und öffne die Tür auf der Fahrerseite. Ich starte den Motor, lege aber noch nicht den Rückwärtsgang ein, um aus der Lücke zu fahren. „Warum streiten wir?"

„Du willst Bays Kindergarten ändern. Sie ist hier glücklich. Sie hat Freunde und ich bezweifle, dass sie von einem neuen Kindergarten begeistert sein wird."

„Ist es das, worum es geht? Dann ich werde sie am anderen Ende der Stadt absetzen, wenn es das Beste für meine Tochter ist."

Hannah verschränkt die Arme vor der Brust. Sie rutscht auf ihrem Sitz hin und her. Sie ist zwar schweigsam, aber sie wirkt immer noch sehr unruhig. Als würde sie sich zurückhalten.

„Sag mir, *Zaya*, was ist los?" Ich kann ihr nicht helfen, wenn ich nicht weiß, was los ist.

„Ich kann mir keinen anderen Kindergarten leisten."

„Du musst dir keine Sorgen um die Finanzen von Bay machen. Sie ist auch meine Tochter, und ich werde ihr helfen. Ich kümmere mich darum, ihre Bildung zu bezahlen."

Hannahs Kinnlade fällt herunter. „Ich bitte nicht um Almosen."

„Mach dir keine Sorgen, so meine ich das auch nicht." Ich bin es leid, mit ihr zu streiten. Ich richte meine Aufmerksamkeit auf den Parkplatz, lege den Rückwärtsgang ein und fahre aus der Parklücke.

Sie schweigt für den Rest der Fahrt, die ganzen fünfzehn Minuten. Es wären weniger gewesen, wenn der Verkehr für einen Montag nicht so dicht wäre.

Ich halte vor ihrem Haus und parke den Wagen parallel in einer Parklücke.

„Du musst nicht mit hereinkommen", sagt Hannah.

Sie will zwar nicht, dass ich mitkomme, aber ich lasse sie nicht allein nach oben gehen. Mark könnte auf sie warten.

Ist sie deshalb so launisch?

Macht sie sich Sorgen, dass sie ihm gegenüberstehen könnte?

„Ich weiß, aber ich will sichergehen, dass er nicht oben auf dich wartet." Ich begleite Hannah hinein.

Eine drückende Stille liegt über uns, während wir zu dem Aufzug gehen.

Es ist nicht so ungemütlich wie die stickige Autofahrt.

Im dritten Stock angekommen, holt sie ihre Hausschlüssel heraus und fummelt auf dem Weg zur Wohnung daran herum.

Als wir uns ihrer Tür nähern, spreche ich mit leiser Stimme. „Schließ auf, aber ich möchte, dass du hier bleibst, während ich sicherstelle, dass er nirgendwo drinnen ist."

Hannahs Stimme zittert, als sie spricht. „Mach dich nicht lächerlich." Wahrscheinlich versucht sie, sich einzureden, dass alles in Ordnung ist.

Das wird es auch sein, wenn sie meine Anweisung befolgt.

Sie schiebt den Schlüssel ins Schloss, tritt aber zur Seite, um mich eintreten zu lassen. Ich drehe am Türknauf und trete in die Wohnung. Das Licht ist ausgeschaltet und ich lasse es aus , da ich niemanden auf meine Anwesenheit aufmerksam machen will.

Ich durchsuche alle Zimmer, Schränke und sogar den Badvorhang. Es gibt keine Spur von Mark oder sonst jemandem. Auf dem Bett liegt jedoch ein roter Umschlag. In schwarzer Schreibschrift steht auf dem Umschlag *Hannah*.

Ich nehme den Umschlag und stecke den Inhalt in meine Jackentasche. Wenn es ein Drohbrief ist, möchte ich sie nicht verängstigen , wenn sie ihn liest . Und wenn es keine Drohung ist, sondern eine Entschuldigung, bezweifle ich, dass der Mistkerl es ernst meint. Er versucht wahrscheinlich nur, sich wieder in ihr Herz zu schwindeln.

Wie auch immer, der Brief ist eine schlechte Nachricht.

Sie muss ihn nie sehen. Außerdem habe ich mir geschworen, sie vor diesem Verlierer zu schützen.

„Die Luft ist rein", sage ich und warte darauf, dass Hannah reinkommt.

Hannah tritt in den Eingangsbereich der Wohnung und macht das Licht an. „Seine Sachen sind noch hier", sagt sie seufzend.

Ich ziehe mein Handy aus der Tasche. „Hast du Fotos gemacht, falls er die Wohnung beschädigt?" Mein Cousin hat eine schlimme Scheidung hinter sich und ich erinnere mich, dass sein Anwalt ihm geraten hat, alles zu dokumentieren.

„Daran habe ich gar nicht gedacht", sagt Hannah.

Sie ist ruhig und zurückhaltend und geht zielstrebig durch den Flur, am Wohnzimmer vorbei, direkt ins Schlafzimmer.

„Brauchst du Hilfe?", biete ich ihr an, um nicht zu weit zu gehen. Sie holt einen Seesack unter dem Bett hervor und öffnet den Reißverschluss.

„Klar, nimm ein paar Klamotten von mir aus der Kommode."

Sie hatte bereits einen Koffer auf dem Gelände, aber sie hatte beim Packen auch nicht geplant, auf unbestimmte Zeit bei mir zu bleiben. Ich bin ehrlich gesagt überrascht, dass sie Zeit zum Packen hatte, aber ich bin mir sicher, dass sie ihre Kleidung nicht ordentlich gefaltet hat. Sie hat wahrscheinlich so viel wie möglich und so schnell wie möglich eingepackt.

Ich öffne die oberste Schublade und versuche, nicht auf die Spitzenhöschen und BHs zu starren. Es ist eine Menge, die ich durch den Raum tragen muss, und es wäre einfacher, die Schublade aus der Kommode zu nehmen. Ich ziehe die Schublade aus ihrer Führung und bringe den Inhalt zu dem Seesack, in den ich all ihre sexy Unterwäsche lege.

Hannah steht am Schrank und nimmt ihre Klamotten von den Bügeln, eine nach der anderen. Sie wirft einen Blick über die Schulter zu mir und hebt dabei eine Augenbraue.

„Hast du Angst, mein Höschen anzufassen?"

„Nein." Ich hätte nicht gedacht, dass sie will, dass ich ihre Unterwäsche anfasse. Ich greife mit meiner Hand in ihren Seesack und hole einen schwarzen Spitzentanga heraus. „Sehe ich aus, als hätte ich ein

Problem damit, dein Höschen anzufassen? Du musst wissen, dass ich die, die du trägst, jederzeit lieber anfassen würde als saubere."

Ihre Wangen brennen und sie blickt zurück zum Schrank, ohne mir in die Augen zu schauen. „Du kannst sie wieder in die Tasche stecken."

Ich löse meinen Griff und lasse ihr Höschen zurück in den Seesack fallen. „Klar. Was immer du willst, *Zaya*." Bevor ich die nächste Schublade ausräume, bringe ich die Schublade zurück zur Kommode und schiebe sie auf die Schiene.

Wir haben in weniger als einer Stunde mehrere Gänge zu meinem Auto gemacht und es mit Kleidung für Hannah und Bay sowie mehreren Müllsäcken mit Bays Spielzeug beladen. Hätte ich gewusst, dass sie zu wenig Gepäckstücke hat, hätte ich mehrere Taschen mitgebracht und ein paar Kisten organisiert .

„Sonst noch etwas?" frage ich. Ihre Wohnung ist voll möbliert, aber ich kann zusammen mit ein paar unserer Männer, ihre Sachen auf das Gelände oder ins Lager zu bringen. Das kann noch ein paar Tage warten. Das Ziel ist es, alles zu besorgen, was sie benötigt oder in absehbarer Zeit benötigen könnte.

Hannah geht ins Wohnzimmer zum Couchtisch. Sie bückt sich, öffnet die Schublade und holt ein Fotoalbum mit einem kleinen Handabdruck auf dem Einband heraus. Das müssen Babyfotos von Bay sein.

„Ja, jetzt bin ich bereit."

Auf dem Weg aus der Wohnung schnappt sich Hannah ihre Autoschlüssel und wir gehen gemeinsam die Treppe hinunter. „Ich werde dir zur Arbeit folgen. Nur um sicherzugehen, dass Mark nicht da ist, wenn du auftauchst."

„Luka, das ist ein wenig übertrieben. Findest du nicht? Ich komme schon zurecht. Das medizinische Zentrum hat einen Sicherheitsdienst und er weiß nicht einmal, dass ich heute Nachmittag arbeite. Es ist nicht meine übliche Schicht."

„Gut, ich gehe in das Café, das einen Block vom Krankenhaus entfernt ist."

„Es gibt viele andere Cafés in der Nähe." Hannah schließt ihre Autotür auf und tritt auf die Straße. Sie parkt ein paar Autos von mir entfernt.

Ich warte, bis sie in ihrem Auto sitzt, bevor ich zu meinem gehe. „Ja, aber die haben die besten

Biscotti", sage ich. Ich habe noch nie Biscotti probiert, aber verdammt, ich lasse sie nicht aus den Augen, bis ich weiß, dass sie in Sicherheit ist.

Wenn ich wüsste, wo Mark gerade ist, wäre ich nicht so besorgt. Und obwohl er eigentlich auf der Arbeit sein sollte, mache ich mir Sorgen, dass er durchdreht und Hannah etwas antun wird.

FÜNFZEHN

Hannah

„Er ist mir zur Arbeit gefolgt", sage ich und erkläre Madisyn, wie mein Morgen verlaufen ist.

Sie hat eine Doppelschicht, was für sie sehr schade ist, aber ich bin dankbar, dass ich mit ihr zusammen bin und mit jemandem reden kann, wenn ich Zeit habe.

„Er ist ein Beschützer", sagt Madisyn. „Das ist nicht unbedingt ein schlechter Charakterzug. Er möchte nur sicher sein , dass du in Sicherheit bist."

„Und mir den ganzen Weg zur Arbeit zu folgen— das ist zu viel des Guten." Merkt sie denn nicht, dass er wie ein Stalker wirkt? „Das ist ein riesiges Warnsignal."

„Dann mach Schluss mit ihm." Madisyn wirft mir einen Blick zu, während sie im Schwesternzimmer auf dem Computer herumtippt.

„Wir sind nicht zusammen", sage ich. „Wie soll das denn gehen?" Ich greife nach meiner Tasse Kaffee und nehme einen Schluck. Er ist nicht annähernd so gut wie der Kaffee aus dem Café am Ende der Straße. Ich hatte aber keine Chance, dort anzuhalten, während Luka mir zur Arbeit folgte.

Der Kaffee ist bitter und brühend heiß.

„Du sagst mir, du bist diejenige, die sein Kind bekommen hat", sagt Madisyn. „Hör zu, ich verstehe, dass die Situation schwierig ist. Ihr müsst beide herausfinden, was ihr wollt, und dann weitermachen."

„Ist es schlimm, dass ich ihn will?", murmle ich in meine Tasse.

Madisyn kichert, offenbar hat sie meine Bemerkung gehört.

So ein Mist.

„Dann sag ihm das", sagt Madisyn. „Er ist ein komplizierter Kerl und es gibt vieles, was du nicht über Luka weißt, aber gib ihm eine Chance. Erkenne einfach an, dass er beschützerisch ist. Und das ist nicht immer ein Makel, sondern eine Charaktereigenschaft. Der Mann würde sein Leben für Bay und dich geben."

„Ich verlange nicht, dass er sein Leben für uns opfert", sage ich.

„Ja, aber wenn du dich auf Luka einlässt, und sei es nur als Co-Eltern, musst du erkennen, was für ein Mann er ist und was er für seine Familie tun würde."

Hätte sie mir nicht von seiner überfürsorglichen Art erzählen können, bevor sie uns einander vorgestellt hat? Zu ihrer Verteidigung muss ich sagen, dass es nicht Teil des Plans war, ihm in der Bar zu begegnen.

„Weißt du, dass ich mich immer noch an die Nacht erinnere, in der wir beide Bay gezeugt haben?"

„Ich hoffe, du weißt noch, dass du mit ihm geschlafen hast!" Madisyn kichert, ohne es zu verstehen.

„Ich denke immer noch daran. An ihn. Wahrscheinlich, weil er Bays biologischer Vater ist und ich für immer an ihn gebunden bin."

Madisyn rutscht auf dem Stuhl hin und her, verschränkt die Arme vor der Brust und wirft mir einen spitzen Blick zu. „Für immer? Achtzehn Jahre, jetzt wahrscheinlich noch fünfzehn."

Soll mich das in dieser Situation beruhigen?

„Luka ist nicht wie jeder andere Mann, mit dem du ausgehen würdest. Er ist das komplette Gegenteil von Mark, den ich nie wirklich mochte, wenn ich ehrlich bin. Du solltest Luka eine Chance geben."

„Du meinst, Luka ist ein guter Kerl?" Ich nehme noch einen Schluck von meinem Kaffee und ziehe eine Grimasse. „Braucht mehr Zucker."

Sie hustet und dreht den Stuhl zurück zu ihrem Computer. „Ich habe heute noch viel zu erledigen. Sehe ich dich später?"

„Ja, natürlich." Möchte sie mich abwimmeln oder ist sie mit der Arbeit beschäftigt?

Ich kann es nicht sagen, aber die Tatsache, dass sie eine Doppelschicht arbeiten muss, lässt mich vermuten, dass es nicht an mir liegt.

———

Ich biege um die Ecke des Flurs und stoße mit dem Kopf mit Mark zusammen. „Was machst du denn hier?" Mein Magen verkrampft sich und ich gehe einen Schritt zurück, um den Flur nach Madisyn oder anderen Personen abzusuchen, falls es nötig sein sollte.

Ich traue Mark nicht, obwohl wir uns in einem öffentlichen   Gebäude   mit   vielen Sicherheitsvorkehrungen befinden, sollte er nicht hier sein.

„Hast du meinen Brief bekommen? Wir müssen reden", sagt Mark. Er ergreift meinen Arm und seine Finger krallen sich fest in meine Haut.

„Lass mich los." Ich beiße die Zähne zusammen und reiße meinen Arm aus seiner Umklammerung. Wovon zum Teufel redet er? „Welcher Brief?"

„Es geht um deinen neuen Freund. Der, mit dem du Familie spielst", sagt Mark.

„Ich will es nicht hören." Der nächstgelegene Ausgang ist hinter ihm, was mir nicht hilft. Ich eile in die entgegengesetzte Richtung, durch den langen Korridor, vorbei an mehreren Patientenzimmern. Das Letzte, was ich will, ist, das Leben von ihnen in Gefahr bringen, in dem ich dort Schutz suche.

Marks Schritte donnern über den Linoleumboden, als er mir hinterherläuft, mich am Hemd packt und mich zu sich herumdreht.

„Ich habe genug von deinen Spielchen und Possen, Hannah. Du kommst jetzt mit mir."

Ich trete ihm mit dem Fuß auf die Zehen und mit dem Knie in die Leiste. „Ich gehe nirgendwo mit dir hin!"

Das reicht, um ihn aufzuschrecken und er lässt mich los.

Madisyn stürmt um die Ecke auf den Flur. „Raus hier!", schreit sie Mark an. „Ich habe bereits den Sicherheitsdienst verständigt. Wir werden Anzeige erstatten und dich verhaften lassen, wenn du hier bleibst."

Mark tritt einen Schritt zurück, als hätte er die Botschaft verstanden. Er hält seine Hände hoch, als ob er sich ergeben würde. „Ich sehe dich später, Hannah."

„Lass das!" Ich schaue finster drein und zeige wütend auf die Tür. „Ich will dich nie wieder sehen." Meine Hände ballen sich an der Seite zu Fäusten . Adrenalin pumpt durch meine Adern, als er sich mit hängenden Schultern zum Aufzug zurückzieht.

Er tut so, als wäre er besiegt. Ich kann die Täuschung in der Halle spüren. Es ist ein Schauspiel. Vielleicht hätte Mark einen anderen Beruf wählen sollen. Seine fiktive Persona ist gut. Ich habe immerzu geglaubt, dass er jemand anderes ist. Er hat mich hereingelegt.

Madisyn jagt Mark hinterher und sorgt dafür, dass er mit dem Aufzug nach unten fährt. Als sie sich vergewissert hat, dass er weg ist, schreitet sie auf mich zu. „Geht es dir gut?", fragt sie und wirft einen Blick auf mich. „Hat er dir wehgetan?"

Ich reibe mir den Arm. „Mir geht's gut. Es tut nur ein wenig weh von seinem Griff."

„Du solltest Anzeige erstatten", sagt Madisyn, während sie meinen Ärmel hochhebt. Seine Finger haben einen dicken roten Fleck hinterlassen, der sich wahrscheinlich zu einem Bluterguss entwickeln wird.

„Ist schon in Ordnung. Was sollen die schon machen? Ich muss wieder an die Arbeit gehen. Ich muss noch nach meinen Patienten sehen."

„Hannah", ruft Madisyn mir nach.

Ich ignoriere sie. Es ist schon schlimm genug, dass ich ihr zu Hause begegnen muss, und ich bin sicher, dass sie es Luka erzählt, und wenn nicht, dann bestimmt Mikhail, dem sie anvertraut, was passiert ist.

Ich vertraue Madisyn, aber nicht, dass sie ein Geheimnis über Mark für sich behält.

———

Ich habe noch ein paar Stunden, bis meine Schicht zu Ende ist. Wenn ich auf die Uhr an der Wand schaue, sollte Luka Bay schon vom Kindergarten abgeholt haben. Ich habe weder vom Kindergarten noch von Luka einen Pieps gehört.

Madisyn schlendert zu mir und blickt auf meinen Arm. Mein Ärmel verdeckt den blauen Fleck, den Mark hinterlassen hat, ganz gut.

„Ich gehe jetzt."

„Ich dachte, du arbeitest eine Doppelschicht ?" ‚frage ich.

Madisyn hat bereits ihre Arbeitskleidung ausgezogen. Sie hat sich ihre Handtasche über die Schulter gehängt. „Ja, aber ich wurde ins Büro des Schulleiters gerufen", sagt sie und grinst.

„Ich wusste nicht, dass das etwas Gutes ist." Ihr Lächeln ist so echt, wie ich es noch nie gesehen habe, aber ich kann mir nicht erklären, warum sie mir gegenüber immer so verdammt geheimnisvoll ist. Ich habe es aufgegeben, mir einen Reim auf ihr Leben zu machen und darauf, was sie vorhat. Wenn sie sich mir anvertrauen will, wird sie das tun.

Madisyn stützt eine Hand auf ihren Bauch. „Mein Arzttermin wurde vorverlegt. Mikhail wird mich danach nach Hause fahren."

„Ist alles in Ordnung?"

„Ja, alles in Ordnung. Bist du sicher, dass es dir hier gut geht? Soll Mikhail einen seiner Männer hochschicken, um ein Auge auf die Etage zu werfen?"

Das Lächeln verschwindet aus meinem Gesicht. „Wie ein Leibwächter?" Das klingt furchtbar und peinlich. „Ich brauche keinen Babysitter."

„Es ist nicht für dich. Ich will nur sichergehen, dass Mark nicht zurückkommt", sagt Madisyn. Sie macht sich auf den Weg zum Aufzug, und ich gehe mit ihr den Flur entlang. Ich gehe sowieso in die Richtung, in der die Schwesternstation liegt.

Sollte ich mir Sorgen machen? „Sieht das wie das Gesicht eines Mädchens aus, das sich Sorgen macht?"

Madisyn drückt den Knopf für den Aufzug. Sie wirft einen Blick über ihre Schulter auf mich. „Du bist hart, das verstehe ich, aber Mark wird nicht einfach weglaufen. Ich habe schon mit Männern wie ihm zu tun gehabt."

„Ich bleibe bei Luka. Es wird schon gut gehen."

Ihre Augenbraue zieht sich zusammen und ein finsterer Blick huscht über ihr Gesicht. „Ich mache mir nur Sorgen, dass das nicht ausreicht. Ich werde mit Mikhail reden..."

„Bitte nicht." Ich betrete die Schwesternstation. Ich will, dass dieses Gespräch zu Ende ist. Kann sie nicht in den Aufzug steigen und gehen?

„Gut, aber du musst Luka sagen, dass Mark heute Abend hier war."

Das ist ein Gespräch, auf das ich mich nicht freue, wenn ich es mit Luka führe. „Mache ich, aber lass mich erst meine Arbeit beenden."

Die Fahrstuhltüren öffnen sich und Madisyn tritt ein. Ich bin erleichtert, dass sie weg ist. Mir ist klar, dass sie nur helfen will, aber das geht mir auf die Nerven. War es eine schlechte Idee, bei ihnen einzuziehen?

Außerdem, wie viele erwachsene Männer leben mit ihrem Chef zusammen? Ich kann mir immer noch nicht vorstellen, dass Mikhail ein sehr wohlhabender Mann ist, der immer umfangreiche Sicherheitsvorkehrungen braucht.

Aber selbst Milliardäre erlauben ihren Angestellten, nach Hause zu gehen. Oder etwa nicht?

SECHZEHN

Luka

Bay vom Kindergarten abzuholen war einfacher, als ich gedacht habe. Ich fahre sie zurück zum Gelände und bringe sie mit der Kiste voller Spielzeug ins Arbeitszimmer.

Einer der Wachmänner, Anton, hilft mir, mein Auto mit Hannahs Sachen auszuladen. Das meiste davon wird in ihr Zimmer gebracht, bis auf eine der Taschen mit den Spielsachen. Ich bitte Anton, sie für Bay ins Arbeitszimmer zu bringen.

Das Deckenlicht ist grell, ich dimme das Licht und setze mich auf das Sofa, während ich Bay im Auge behalte.

Ich kann nicht erwarten, dass Mikhail oder andere Wächter auf Bay aufpassen, und ich würde es auch nicht wollen. Sie ist meine Tochter. Ich möchte mir die Zeit nehmen, sie kennenzulernen.

Bay lässt sich vor dem Kamin nieder. Die Feuerstelle ist aus, aber das ist ihr egal. Sie schnappt sich das Feuerwehrauto und das Polizeifahrzeug aus der Kiste und rollt sie auf dem Boden herum.

Eine ganze Kiste voller Spielzeug und das Kind hat sich an zwei Sachen festgekrallt.

Das müssen ihre Lieblingssachen sein.

Oder sie mag Spielzeugautos.

Es kommt mir wie eine Ewigkeit vor, seit kleine Füße über das Gelände getrampelt sind. Es ist noch gar nicht so lange her, dass Aleksandra mit den Zwillingen Sophia und Liam unter Mikhails Dach wohnte.

Ich sollte Aleksandra heiraten, sie beschützen und nach Russland ziehen, um sie und die Zwillinge in Sicherheit zu bringen. Das alles geschah auf Mikhails Befehl, obwohl wir uns gut kannten, habe ich Aleksandra nie begehrt.

Ich befolge Befehle, vor allem die von Mikhails Barinow.

In Erinnerungen zu schwelgen ist nichts für schwache Nerven.

Mein Magen verkrampft sich, wenn ich daran denke, was ich Aleksandra angetan habe, an den Schmerz, den ich ihr zugefügt habe. Sie verriet die Familie und heiratete schließlich einen italienischen Don. Wahrscheinlich wollte sie Mikhail ärgern, und das hat auch geklappt.

Ich hoffe, sie ist jetzt glücklich, weil sie das Leben hat, was sie immer wollte.

Wenn ich mit ihr verheiratet wäre, hätte ich nie von meiner Tochter Bay erfahren. Ich wäre in Russland gewesen, um die Bratva zu kommandieren und um unseren Männern Befehle zu erteilen.

Seltsam, wie sich das Schicksal immer wieder selbst offenbart. Sie zu heiraten hätte uns beiden weh getan, aber für Mikhail hätte ich es getan.

Ich bin ein Fürst der Dunkelheit, kein Held.

Hannah weiß nichts von der Unterwelt und davon, womit wir uns täglich beschäftigen. Sie hat keine

Ahnung von der Geldwäsche, die unter unserem Dach stattfinden, und von den Attentätern und Schmugglern. Unsere Männer, die Soldaten, die für Mikhail arbeiten, kümmern sich um alles, von illegalen Papieren bis zum Aufräumen der Leichen unserer Feinde.

„Daddy", Bays süße Stimme erregt meine Aufmerksamkeit.

Mir läuft das Wasser im Mund zusammen, als sie es sagt. „Ja, Tiger?", frage ich und lehne mich vor, die Hände auf dem Schoß verschränkt.

Sie steht auf und kommt zu mir auf die Couch. „Ich habe Hunger. Zeit für einen Snack."

Hannah hatte nicht erwähnt, dass sie ihr einen Snack gibt oder sie füttert. Obwohl Bay zu Abend essen muss, wird Hannah erst kurz vor dem Schlafengehen zurück sein.

„Was isst du gerne?", frage ich.

Warum habe ich das Gefühl, dass wir alles, was sie aufzählt, nicht in der Speisekammer oder im Kühlschrank haben?

„Schokoladenpudding, Schokoladenkuchen, Schokoladeneis."

„Ich bemerke ein Muster", sage ich und ziehe Bay auf meinen Schoß. „Lass mich raten, dein Lieblingsessen ist Schokolade?"

Bay nickt enthusiastisch. Ihre blauen Augen leuchten mir entgegen.

„Darfst du all diese Dinge vor dem Abendessen essen?"

Der kleine Knirps rümpft die Nase und kichert. „Bitte?"

Wenn sie nicht mein Kind wäre, würde ich wahrscheinlich nicht so schnell nachgeben, aber verdammt, dieses Lächeln und dieser breite Baby blaue. „Komm, lass uns mal sehen, was wir in der Küche finden", sage ich.

Ich hebe sie vom Sofa und trage sie auf meiner Hüfte aus dem Arbeitszimmer in die Küche.

„Daddy, Schokolade."

Bay ist nicht im Geringsten schüchtern, wenn es darum geht, zu sagen, was sie will. Ich wette, das hat sie von ihrer Mutter.

„Und deine Mutter wird nicht sauer, wenn du vor dem Abendessen Schokolade isst?", frage ich.

Es ist fast vier Uhr nachmittags und bald müssen wir uns überlegen, was wir zum Abendessen essen. Ich weiß nicht, was das Kind isst, aber ich bin sicher, sie wird mir sagen, was sie nicht isst.

Es ist nicht nur die Ähnlichkeit mit Hannah, die unheimlich ist. Alles, von ihrer Mimik und ihren Eigenheiten bis hin zu den bar blauen Augen und den brünetten Haaren. Ich schwöre, Hannah könnte geklont worden sein.

Aber je länger ich Bay anstarre, desto mehr sehe ich Teile von mir in ihr, vor allem ihre Entschlossenheit. Ich bin zwar nicht wählerisch, aber ich weiß, was ich will, und ich lasse mir von niemandem den Weg versperren. Ich habe das Gefühl, dass Bay aufwachsen und mir sehr ähnlich werden wird.

Ich weiß nicht, ob das gut oder schlecht ist, wenn ich ehrlich zu mir selbst bin.

Wir stöbern in der Küche und ich finde ein halbes Dutzend Schokokekse in der Speisekammer. Ich erlaube Bay, einen zu essen und hoffe, dass das bis zum Abendessen ausreicht.

Ich lasse sie an der Kante der Theke sitzen und stelle mich vor sie, damit sie nicht runterfällt.

„Milch", sagt sie, während sie mir den Keks ins Gesicht hält.

„Nicht bewegen", warne ich und drehe mich um, um die Milch aus dem Kühlschrank zu holen.

Sie rührt sich nicht von der Stelle. Wenigstens ist das Kind ein guter Zuhörer.

Ich gieße ihr ein Glas Milch ein und stelle es auf den Tresen. Sie taucht den Keks in die Milch, bevor sie hineinbeißt, und hinterlässt überall Krümel.

„Das sollte man mit Oreos machen", sage ich.

Ihre Augen leuchten auf und ihr Mund öffnet sich. Ich kann ihre nächste Frage schon erahnen.

„Wir haben keine mehr in der Vorratskammer."

Bays Schultern sinken, während sie an ihrem Keks knabbert und ihn in das Glas Milch tunkt, bevor sie einen weiteren Bissen nimmt.

„Da bist du ja!" Mikhail stürmt in die Küche, Madisyn dicht auf den Fersen. Die beiden sind unzertrennlich, seit sie auf dem Gelände ist.

„Was ist hier los?", frage ich und schaue zwischen den beiden Hin und Her, als Madisyn sich neben Mikhail stellt und die Arme vor der Brust verschränkt.

„Mark hat beschlossen, heute Nachmittag auf der Arbeit aufzutauchen."

Hitze durchströmt mich. „Was?" Ich packe Bay und stelle sie auf den Boden.

Sie greift über sich nach dem Tresen, weil sie ihr Glas Milch haben will.

„Hier", sage ich und reiche ihr das Glas, während sie den letzten Rest ihres Kekses vertilgt.

„Wir haben ihn rausgeschmissen, aber ich mache mir Sorgen, dass er darauf wartet, bis sie geht", sagt Madisyn.

„Kannst du auf Bay aufpassen? Ich muss ins Krankenhaus", sage ich. Ihre Schicht ist erst in ein paar Stunden zu Ende, aber sie sollte nicht allein sein. Wenn Mark auftaucht, sollte ihr jemand den Rücken freihalten.

„Natürlich", sagt Madisyn, während sie an mir vorbeiläuft.

Bay lässt ihr Glas Milch fallen, der Inhalt läuft aus und das Glas zerspringt auf dem Boden. Die Augen der Kleinen werden wässrig und ihre Unterlippe schmollt. „Tut mir leid." Sie schnieft und ihre Hände zittern.

„Ist schon gut. Ich räume das auf", sagt Madisyn. Sie hebt Bay vom Boden auf und stellt sie auf den Tresen.

„Bist du sicher?" Ich bin hin- und hergerissen, ob ich Bay helfen oder mich um Hannah kümmern soll. Ich kann nicht an zwei Orten gleichzeitig sein.

„Ja. Geh! Das wird eine gute Übung sein", sagt Madisyn. Sie scheucht uns aus der Küche, während sie die Glasscherben vom Boden aufräumt.

„Ich komme mit", sagt Mikhail und blickt auf sein Handy.

„Was ist los?" Wir gehen zur Garage und ich schnappe mir die Schlüssel für den Geländewagen. Wir haben ein Dutzend Fahrzeuge, die wir bei Bedarf nutzen—von Pickups und SUVs bis hin zu Sportwagen und Limousinen.

Die Schlüssel für den mitternachtsschwarzen SUV hängen an der Wand. Ich drücke den Knopf, um die

Garage zu öffnen und nehme die Schlüssel an mich, bevor ich zur Fahrertür gehe.

„Ich habe Anton beauftragt, Hannahs Wohnung zu überwachen, nachdem ihr beide heute Nachmittag gegangen seid. Mark ist in diesem Moment dort. Wie wäre es, wenn wir ihm einen Besuch abstatten?" schlägt Mikhail vor.

„Hoffentlich packt Mark seine Sachen und verlässt die Stadt", murmle ich. Ich reiße die Vordertür auf ‚klettere auf den Sitz, bevor ich den Motor starte.

Mikhail zieht seinen Sicherheitsgurt über seinen Schoß und schnappt ihn ein. „Es gibt nur einen Weg, das herauszufinden."

Ich stelle den Geländewagen auf „Drive" und umklammere das Lenkrad, während ich aus der Garage fahre und die Einfahrt zu den Metalltoren hinunter.

Der diensthabende Wachmann öffnet das Tor, als er uns herankommen sieht. Mikhail nickt dem Mann, der den Eingang bedient, kurz zu.

„Wie machen wir das?" frage ich.

Die Straße vor dem Gelände ist eine Wohnstraße, in der es nicht allzu viel Verkehr gibt, aber je weiter wir in die Stadt hineinfahren und je näher wir dem Wohnkomplex kommen, desto deutlicher wird, dass gerade Abendverkehr ist.

Mikhail schnappt sich sein Handy und öffnet die App, um nach Mark zu sehen. „Er ist noch da." Mikhail schnaubt leise vor sich hin.

„Was?"

„Der Mistkerl hat nicht einmal gepackt. Er ist im Wohnzimmer und sieht fern."

Ich sehe Mikhail an. „Und woher weißt du das?"

„Sowohl im Flur als auch im Wohnzimmer sind Kameras installiert", sagt Mikhail, während er sein Telefon hochhebt und mir den Bildschirm zeigt. Es gibt ein halbes Dutzend Ansichten mit verschiedenen Blickwinkeln und Kameras, die ihre Wohnung überwachen.

„Es ist gut, dass Hannah nicht mehr dort wohnt", sage ich. Sie wäre wütend, wenn sie herausfinden würde, dass Mikhail eine Überwachungsanlage in ihrer Wohnung installiert hat.

Das muss sie nicht herausfinden.

Außerdem wird sie nicht wieder in ihre Wohnung ziehen. Es gibt keinen Grund für sie, dort zu wohnen, und ich will nicht, dass Mark uneingeladen auftaucht und sich Zutritt verschafft, als gehöre ihm die Wohnung und sie wären noch zusammen.

Der Verkehr ist dicht und stockt. Ich schneide ein anderes Fahrzeug , um die Spur zu wechseln und an der nächsten Kreuzung scharf rechts abzubiegen. Ich kann es nicht ausstehen, im Verkehr zu stehen, schon gar nicht, wenn ich fahre.

„Übrigens, vielen Dank, dass du Hannah und deine Tochter unter meinem Dach wohnen lässt."

Ist Mikhail auf der Suche nach einer Dankeskarte?

„Das weiß ich zu schätzen", sage ich mit rauer Stimme. Ich konzentriere mich darauf, wie wir zur Wohnung kommen und wie ich mit Mark umgehen werde. Ich habe den Geländewagen genommen, also ist es nicht die beste Option, ihn in den Kofferraum zu legen.

Wir könnten ihm den Arsch aufreißen, aber er wird uns erkennen und er weiß, wo wir wohnen. Mir wäre das egal, aber er scheint der Typ zu sein, der zu den Bullen rennt und um Schutz bettelt. Wir hatten schon genügend Ärger mit dem FBI, da müssen wir sie nicht auch noch an unserer Tür klopfen lassen.

Mikhail hat es vielleicht geschafft, eine von ihnen für sich zu gewinnen und sie umzudrehen, aber das wird er nicht mit der ganzen Abteilung schaffen.

„Du wusstest wirklich bis zu diesem Wochenende nicht, dass du Vater bist?", fragt Mikhail. Er rutscht in seinem Sitz hin und her, während er mich ansieht.

Ich bin kein bisschen entspannt, und wir führen dieses Gespräch jetzt?

„Sie wusste nicht, wie sie mich erreichen kann", sage ich. Ich habe ihm die Geschichte bereits erzählt. Hat er Zweifel an dem, was passiert ist? Meine Loyalität liegt bei ihm.

Mikhail streicht sich über die Kinnlade und kichert leise vor sich hin. „Dann ist es ja gut, dass du meine Schwester nicht geheiratet hast. So ein Mist. Stell dir vor, wenn du das getan hättest, was wäre das für eine Fickshow gewesen. Du in Russland und Hannah hier."

„Willst du damit sagen, dass du froh bist, dass Aleksandra einen Italiener geheiratet hat?" Ich hätte nie gedacht, dass ich den Tag erleben würde, an dem die russische Bratva und die italienische Mafia nebeneinander existieren würden. Wir sind keine Freunde, aber wir bleiben unter uns. Wir haben eine Abmachung.

„So weit würde ich nicht gehen", sagt Mikhail. Sein Blick verengt sich, als er aus dem Fenster schaut und meinem Blick ausweicht.

Der Verkehr schiebt sich langsam vorwärts, und ich biege diesmal links ab und fahre durch enge Gassen, um zur Wohnung zu gelangen.

Vor dem Haus gibt es einen leeren Parkplatz und ich quetsche den SUV in die schmale Lücke. Sobald der Motor abgestellt ist, klettern wir aus dem Fahrzeug und knallen die Tür zu.

Wir gehen hinein und zu ihrer Wohnung. Ich habe keinen Schlüssel. Ich klopfe an der Wohnungstür und Mikhail deckt den Türspion ab, damit Mark uns nicht von der anderen Seite sehen kann.

Schwere Schritte stapfen über den Boden und dann schließt er die Tür auf, ohne auch nur zu fragen, wer auf der anderen Seite steht.

„Ich dachte, wir hätten dir gesagt, du sollst gehen?" Ich packe Mark am Revers und schiebe ihn nach hinten, schleife seinen Hintern ins Wohnzimmer und drücke ihn gegen die Wand. Ich stoße ihm meinen Unterarm in den Hals.

Mikhail schließt die Tür hinter uns und stellt sicher, dass die Nachbarn nichts mitbekommen.

Mit den Polizisten sind wir nicht gerade befreundet.

„Belästigst du gerne Frauen?" Ich bin bereit, ihn in Stücke zu reißen, Glied für Glied.

„Was? Natürlich nicht." Mark ist schmächtig und blass. Er ist wie eine Bohnenstange an der Wand. Es bräuchte nicht viel, um ihn in Stücke zu reißen.

„Hast du eine Waffe?", fragt Mikhail, während ich Mark an die Wand drücke.

Er hat eine Jogginghose und ein weißes T-Shirt an. Ich bezweifle, dass er etwas Gefährliches bei sich trägt.

„Das beantworte ich nicht!" Marks Oberlippe kräuselt sich, aber ich kann die Angst in seinen Augen sehen. Er versucht, hart zu bleiben, und es ist mir egal, ob er das tut, weil wir zu zweit sind oder weil er eingeschüchtert ist.

„Durchsuch ihn", sage ich und schaue Mikhail an.

Ich stelle Mark an die Wand und Mikhail tastet ihn ab, um sicherzugehen, dass er keine Waffe oder ein Taschenmesser bei sich hat. „Er ist sauber."

„So weit würde ich nicht gehen", schimpfe ich, reiße ihn von der Wand und zwinge ihn auf die Knie.

Ich ziehe meine Waffe, entsichere sie und richte sie auf Marks Kopf.

„Du hast keinen Schalldämpfer an der Waffe", sagt Mark. „Damit kommst du niemals durch. Ich werde es Hannah erzählen!"

„Du gibst mir nur noch mehr Gründe, dich zu erschießen", sage ich.

Aber er hat recht. Es gibt keinen Schalldämpfer und die Nachbarn werden den Schuss hören und in den Hausflur oder aus dem Fenster schauen.

Ich mag keine Zeugen.

„Für jedes Problem gibt es eine Lösung." Mikhail zieht seine Waffe heraus und befestigt einen Schalldämpfer in seiner Manteltasche.

„Bitte, ich schwöre, ich werde Hannah in Ruhe lassen", fleht Mark. Er ist nicht gerade ein Kämpfer. Das nimmt dem Töten eher den Reiz.

„Wir haben dich schon einmal gewarnt", sage ich. „Du wurdest angewiesen, dich fernzuhalten, deinen Kram zu packen und zu gehen."

„Ich habe gepackt", sagt Mark.

„Wo sind die Kisten?" fragt Mikhail . Er nimmt seine Waffe mit dem angebrachten Schalldämpfer und durchstöbert die Wohnung. „Ich sehe keine Kisten. Siehst du irgendwelche Kisten, Luka?"

„Ich sehe nur einen Lügner", sage ich und starre auf Mark hinunter.

Mark stößt mit seinem Arm gegen mein Bein und nutzt sein Gewicht, um mich zum Stolpern zu bringen. Der Schwachkopf beschließt, sich zu wehren.

Er krabbelt über den Boden, versucht aufzustehen und greift nach dem Türgriff.

Ich stoße Mark zu Boden und schlage sein Gesicht auf den Holzboden und breche ihm die Nase. Das Knirschen der Knochen ist unangenehm und Blut fließt über sein Gesicht.

Mark wischt sich das Blut aus dem Gesicht und hinterlässt ein Desaster, das erst von der Putzkolonne beseitigt werden muss, bevor Hannah wieder einen Fuß an diesen Ort setzt.

Mikhail steht da und beobachtet das Treiben, die Waffe immer noch in der rechten Hand. „Machen wir ihn fertig oder lassen wir ihn zum Abendessen nach Hause zu seiner Mami kriechen?"

Am liebsten würde ich ihm den Arsch aufreißen, ihm eine Kugel in den Kopf jagen und mir keine Sorgen mehr machen, dass er Hannah oder meine Tochter belästigt. „Gib mir die Waffe", sage ich und halte Mikhail meine Hand hin.

„Du bist zu nah an Hannah dran", sagt Mikhail. „Wenn sie fragt, und das wird sie unweigerlich, darfst du dir nicht die Hände mit seinem Blut schmutzig machen."

„Ja! Ja! Ihr solltet mich leben lassen", sagt Mark und seine Augen weiten sich vor Erregung. Er geht in die Knie und richtet sich auf, um aufzustehen.

„Beweg deinen Arsch wieder auf den Boden", schreie ich Mark an und stoße ihn wieder auf den Boden. „Ich habe dich gestern gewarnt, dass ich dich umbringe, wenn du Hannah belästigst. Wenn du heute bei ihrer Arbeit auftauchst, bedeutet das, dass du sie belästigst. Hast du geglaubt, das war eine leere Drohung?"

Ich habe Hannah geschworen, dass ich sie beschützen werde.

Das fällt auf mich zurück.

Hannah ist meine Verantwortung.

SIEBZEHN

Hannah

Ich ziehe meine Arbeitskleidung um und gehe zum Aufzug, als ich Luka am Ausgang stehen sehe. Er lehnt an der Backsteinmauer und hat die Arme vor der Brust verschränkt.

„Was machst du denn hier?"

Sein Anzug sieht zerzaust aus, aber ich bin mir nicht sicher, warum. Er hat keine Schramme im Gesicht, aber ich könnte schwören, dass er in einen Kampf verwickelt war.

Ich werfe einen Blick auf ihn, als ich den Abwärtsknopf für den Aufzug drücke, und sehe seine Knöchel.

Geprellt.

Er hat sich mit jemandem geprügelt.

Mir dreht sich der Magen um. Ist er mit Mark zusammengestoßen? Sieht er deshalb nicht wie die perfekte Version von Luka aus, die ich zu sehen gewohnt bin? Aber ich sehe ihn auch nicht oft, bis letzte Woche.

„Madisyn hat mir erzählt, was passiert ist."

Sie ist unglaublich! Sie hatte mir versprochen, Luka nichts zu sagen. Ich hätte wissen müssen, dass man ihr nicht trauen kann.

„Hast du Bay vom Kindergarten geholt?", frage ich. Mein Herzschlag beschleunigt sich. Wenn er vergessen hat, Bay vom Kindergarten abzuholen, hätte mich das Büro schon vor Stunden anrufen und informieren müssen. Niemand hat versucht, das Krankenhaus anzurufen, und mein Telefon braucht eine neue Simkarte, bevor ich es benutzen kann.

Hatten sie es mit dem Notfallkontakt versucht? Marks Name stand auf dem Blatt, aber sie hätten wissen müssen, dass sie Bay nicht an ihn übergeben werden sollten. Ich hatte ihnen klar gemacht, dass sein Name von der Abholliste gestrichen wird.

Die Aufzugstüren öffnen sich.

„Ja, Bay ist zu Hause bei Madisyn."

„Sie sollte im Bett sein", sage ich. Es ist elf Uhr nachts. Ich steige in den Aufzug und Luka folgt mir dicht auf den Fersen. Ich drücke den Knopf für die Lobby.

„Ich bin sicher, dass sie das ist", sagt Luka.

„Du hast sie nicht ins Bett gebracht. Wie lange hast du hier draußen an den Aufzügen gewartet?"

Wieso hatte ich seine Anwesenheit nicht bemerkt? Ich hatte die Station gewechselt und vor ein paar Stunden am anderen Ende des Flurs gearbeitet, als ich für eine andere Krankenschwester einspringen musste.

„Ich wollte mit dir reden, wenn du Feierabend hast", sagt Luka. Er ist düster.

Der Aufzug ist bis auf uns beide leer. „Ist etwas passiert?", frage ich.

„Mark ist tot."

Ich atme scharf ein und schnappe nach Luft und verschlucke mich an seinen Worten. „Tot?" Ich kann nicht atmen. Ich bin am Ersticken. Die gesamte Luft im Aufzug wurde verschluckt, und ich kämpfe ums Überleben.

„Hannah, atme", sagt Luka. Seine Hände liegen auf meinen Armen. Sie sind stark und warm, aber er tut mir nicht weh, so wie Mark es tat, als er mich packte.

Luka versucht, mich zu beruhigen.

„Atme ein."

Ich atme tief ein.

„Atme aus", sagt Luka.

Ich folge seiner Anweisung.

Der Aufzug klingelt, und die Türen öffnen sich. Mein Körper ist mit eiskaltem Schweiß bedeckt. Mein Herz hämmert gegen meinen Brustkorb und ich ringe wieder nach Luft.

„Was ist passiert?", frage ich.

„Du hast eine Panikattacke", sagt Luka. Er geht mit mir zu einer Bank die in der in der Nähe steht und ich kann mich setzen. Er stellt sich vor mich, seine Beine halten mich fest, damit ich nicht nach vorn falle, wenn ich ohnmächtig werde.

„Ich meinte mit Mark", sage ich. „Du hast gesagt, er sei tot." Ich kann nicht begreifen, was passiert ist und wie Luka überhaupt herausgefunden haben soll, dass Mark etwas passiert ist.

„Mikhail hat ein paar Jungs zu dir in die Wohnung geschickt, um zu sehen, ob Mark Hilfe beim Packen braucht."

„Natürlich hat er das", sage ich und schaue Luka an. Ich glaube ihm nicht. Es tut mir weh, es überhaupt zu fragen, aber ich muss es wissen. „Hast du ihn umgebracht?"

Luka macht einen Schritt zurück, entsetzt über meine Frage. „Er hatte einen Herzinfarkt, Hannah."

Ich presse meine Lippen zusammen und atme erleichtert aus. Mein Blick fällt auf meine in meinem Schoß gefalteten Hände. „Er stand in den letzten Tagen unter großem Stress."

„Mach dir keine Vorwürfe für das, was er dir angetan hat", erhebt sich Lukas Stimme und ich schaue mich besorgt um, dass jemand unser Gespräch belauschen könnte.

Vielleicht sollte ich mich für das, was passiert ist, nicht schämen, aber ich will nicht, dass mich jemand so ansieht, wie Luka es tut, als ob ich verhätschelt werden müsste.

Ich bin kein Kind.

Ich kann selbst auf mich aufpassen. Das habe ich mein ganzes Leben lang getan, bis Luka aufgetaucht ist, und was jetzt? Soll ich ihn einfach alles machen lassen oder mir selbst helfen?

Seufzend reibe ich mir die Stirn und ziehe meine Schlüssel aus der Tasche.

Es ist spät und es sind nicht viele Leute in der Lobby. Ein Wachmann steht in der Nähe der Tür, aber er ist zu weit weg, um unser Gespräch zu hören.

„Es tut mir leid." Ich entschuldige mich dafür, dass ich Luka beschuldigt habe, Mark etwas angetan zu haben. Luka ist kein Monster. Er würde niemanden verletzen. Was für ein Mensch bin ich, dass ich so schreckliche Gedanken habe?

Luka zieht mich an sich. Er ist warm und stark, und sein männlicher Duft umweht mich. Er ist seltsam entspannend und fast hypnotisierend.

Schließlich löse ich mich aus seiner Umarmung. „Ich sollte zur Garage gehen. Ich treffe dich dann bei dir?"

„Bei uns", korrigiert mich Luka, „und ich fahre dich nach Hause." Er öffnet seine Hand, damit ich meine Schlüssel in seine Handfläche legen kann.

„Wie bist du hierhergekommen?"

„Ich hatte eine Mitfahrgelegenheit", sagt Luka. „Du fährst nicht, nachdem du von Mark erfahren hast. Du stehst unter Schock", sagt er und schaut zu mir rüber.

Sollte ich jetzt weinen? Eine schwere Last lastet auf meiner Brust und ein Fels in der Magengrube. Meine Augen brennen, aber das kommt nicht von den Tränen. Ich entschuldige es mit dem Schlafmangel.

Es hat keinen Sinn, mit Luka zu streiten. Er versucht, das Richtige zu tun, und wenn das bedeutet, dass er mich zu sich nach Hause fährt, nehme ich das Angebot an.

Ich drücke ihm meine Schlüssel in die Hand, und er schließt seine Finger um das Metall und legt seinen Arm in meinen, um uns miteinander zu verbinden.

„Komm, führ mich zum Auto", sagt Luka. „Und damit das klar ist: Wir fahren nicht zu mir nach Hause. Es ist unser Haus."

Ich habe nicht genug geschlafen oder bin emotional zu sehr mitgenommen von der Nachricht, die Luka mir über Marks Tod überbracht hat. Es war wie eine Bombe, und es hat bis jetzt gedauert, das sie explodiert ist.

Eine einzige Aussage, nämlich dass *es unser Haus ist*, lässt mich schluchzend auf die Knie fallen.

Luka ist ruhig, stark, mein solides Fundament, als er mich in seine Arme zieht. Seine Hand streichelt meinen Kopf und ich schwöre, dass ich seinen starken Puls an meiner Brust spüre.

Ich tränke sein Hemd mit meinen Tränen. Ich will nicht weinen, nicht trauern, nicht zusammenbrechen. Schon gar nicht bei der Arbeit, aber wenigstens habe ich es bis in die Lobby geschafft und nicht auf dem Gang zu unseren Patienten.

Meine Brust tut weh, und ich verstehe nicht, warum. Mark hat mir wehgetan. Er hat mich gebrochen. Er hat mein Vertrauen missbraucht, indem er vorgab, jemand zu sein, der er nicht war, und Bay und mich gegen unseren Willen in der Wohnung festhielt.

Aber ich war dabei, ein Leben mit ihm zu beginnen, und wir teilten ein Zuhause. Diese Gefühle lösen sich nicht einfach in Luft auf, auch wenn ich mir das alles wegwünsche.

Luka fährt in meinem Auto zurück zu der Villa, die ich jetzt mein Zuhause nenne. Es ist seltsam, unter dem Dach eines anderen Mannes zu leben. Es ist nicht mein Zuhause, noch nicht. Vielleicht wird es sich mit der Zeit auch so anfühlen, wenn ich mich an die Welt um mich herum gewöhnt habe.

Aber im Moment fühle ich mich wie betäubt.

Gefroren.

Luka begleitet mich ins Haus. An die Heimfahrt erinnere ich mich nur noch, dass ich auf dem Vordersitz saß. Die Welt um mich herum war verschwommen.

„Bist du hungrig? Hast du auf der Arbeit zu Abend gegessen?" fragt Luka. Er streicht mir eine verirrte Haarsträhne hinters Ohr und richtet seine Aufmerksamkeit ganz auf mich.

Ein anderer Herr nähert sich Luka. „Kann ich dich kurz sprechen?"

„Ich bin im Moment beschäftigt, Nikita. Kann es warten?"

„Komm zu mir, wenn du Zeit hast", sagt Nikita und schreitet durch den Flur in ein Büro.

„Worum ging es da?" ‚frage ich. „Du arbeitest um diese Zeit?"

„Ich arbeite zu jeder Zeit", sagt Luka und lächelt warmherzig. Sein Daumen streicht über meinen Kiefer und ich denke, dass er mich für einen Moment küssen könnte.

Aber er tut es nicht.

„Wenn du keinen Hunger hast, soll ich dich ins Bett bringen?", fragt er.

„Bay schläft", erinnere ich ihn und schenke ihm ein beruhigendes Lächeln, dass ich auf mich selbst aufpassen kann. „Ich will sie nicht wecken."

Seine Hände legen sich um meine Taille und ziehen mich an sich. „Du könntest dir ein Bett mit mir teilen."

„Das ist wahrscheinlich keine gute Idee", sage ich. Der Gedanke ist zwar verlockend, aber ich sollte mich nicht in sein Bett fallen lassen, um über Mark hinwegzukommen.

Er lockert seinen Griff um meine Hüften nicht. Seine Hände sind fest, als sie sich an meinem unteren Rücken verschränken. Lukas Berührung ist entspannend, aber nicht so, dass ich einschlafe. „Wir müssen nicht miteinander schlafen", sagt er und schaut mir in die Augen. „Man hat mir gesagt, dass ich tolle Massagen gebe."

Ich atme scharf ein und ich schwöre, dass er wahrscheinlich mein Herz hören kann, das gegen meine Brust pocht.

„Oder wenn du erschöpft bist, können wir auch einfach schlafen", sagt er.

Ja, als wären wir gestern Abend nur Freunde gewesen, die etwas trinken gehen. Das hätte fast dazu geführt, dass wir beide nackt waren. Nicht, dass ich es bereuen würde, aber wir sollten die Dinge etwas langsamer angehen.

„So verlockend das Angebot auch sein mag, Bay wird morgen früh aufwachen und sich fragen, wo ich bin."

Er lächelt und lockert seinen Griff. Luka ist nicht im Geringsten verärgert, aber er ist ehrlich. „Du hast für alles eine Ausrede, nicht wahr?"

„Nun, wir leben zusammen. Sollten wir nicht versuchen, das hinzubekommen ? Als Co-Eltern." Ich versuche, Bay eine gute Mutter zu sein und stelle die Bedürfnisse meiner Tochter über meine Wünsche.

„Ist es das, was du willst?", fragt Luka. Er geht mit mir rückwärts und drückt mich gegen die Wand im Flur, so dass ich eingeklemmt bin.

Die Hitze seiner Nähe lässt meinen Atem noch tiefer werden.

Seine Augen haben sich verfinstert, sein Mund öffnet sich und er lehnt sich zu mir, seine Stimme flüstert, während er mein Ohr streift. „Wir können professionell bleiben. Aber ich will es von deinen Lippen hören. Dass das, was wir hatten, nichts bedeutet hat und nie wieder passieren wird."

„Ich habe nie gesagt, dass es nichts bedeutet hat." Mein Kopf stützt sich an der Wand ab und ich neige mich nach oben, um in seinen feurigen Blick zu schauen. Meine Lippen öffnen sich und ich bin schon ganz heiser. Der Flur ist stickig, und sein intensiver Blick heizt mich nur noch mehr auf. „Ich fühle mich immer noch zu dir hingezogen, Luka. Das hat sich nicht geändert." Ich mache keinen Hehl aus meinem Verlangen oder meinen Gefühlen für ihn. Es gibt keinen Grund, mich zu verstellen, wenn ich ihn direkt vor mir sehen kann.

„Warum versuchst du es nicht mal mit uns?", fragt er.

„Mark ist gerade gestorben. Führen wir jetzt ernsthaft dieses Gespräch?"

„Ich habe nur gefragt, ob ich dich ins Bett bringen kann", sagt Luka. Er wendet nicht einmal den Blick ab. Er stützt sich mit einer Hand an der Wand ab und legt die andere auf meine Hüfte.

Seine Berührung wird mir zum Verhängnis.

Seine großen, rauen Hände streichen über meine Hüfte, seine Finger streicheln meine nackte Haut am

Saum meines Hemdes. Mein Atem geht rasselnd und meine Augenlider werden schwer.

„Das ist es", flüstert er, zufrieden mit meiner Reaktion. „Entspann dich einfach."

Ich lehne meinen Kopf zurück, und seine Lippen legen sich auf meinen Hals, saugen und knabbern sanft an der Haut. Seine Finger streichen über den Bund meiner Hose und über meinen Bauch, was mein Inneres zum Flattern bringt und ein warmes, pulsierendes Gefühl durch meinen Körper schießen lässt.

„Das ist nicht, um mich ins Bett zu bringen", schimpfe ich. Ich habe eine große Klappe und will, dass er mich zum Schweigen bringt, in dem er mir gibt, was Mark nicht konnte. Luka weiß zweifellos, dass er mich innerlich wütend gemacht hat und ist stolz auf seine Leistung.

Seine Lippenwinkel zucken nach oben. „Ich nehme an, das ist es nicht." Luka lehnt sich näher heran, seine Lippen necken mich, fordern mich auf, ihn zu küssen. Aber er schließt die Lücke zwischen uns nicht. „Willst du, dass ich aufhöre? Denn wenn du das sagst, schicke ich dich nach oben ins Bett."

„Ich will, dass du mich mit in dein Bett nimmst und dich an mir vergreifst", sage ich.

Luka knurrt, während er mir in die Unterlippe beißt und sie zwischen die Zähne klemmt. „Das will ich auch, *Zaya*."

Ich wimmere, und Luka schiebt sein Knie zwischen meine Schenkel und übt den perfekten Druck auf meine Mitte aus. Ich schließe die Augen und tue alles, was ich kann, um meine Hüften nicht gegen sein Knie zu pressen.

Aber er scheint andere Ideen zu haben. Sein Knie schiebt sich nach oben, bis ich mir ein Stöhnen nicht mehr verkneifen kann. Er lässt ein wenig Druck nach und macht die Bewegung wieder und wieder.

Jeder konnte uns sehen. Einer seiner Kumpel war vor ein paar Minuten noch im Flur gewesen. Wo ist er hin?

„Luka", schnurre ich, während meine Fingernägel über seinen Rücken kratzen und sich an ihm festkrallen. Er treibt mich in den Wahnsinn vor Lust.

Er drückt mich an die Wand, sein Knie stößt gegen mein Innere, und macht mich heiß ,lässt mein Inneres pochen.

Er beugt sich vor und seine Lippen streifen mein Ohr. Er flüstert: „Du wirst für mich kommen, *Zaya*".

Ich wimmere.

Im Flur ist es tausend Grad heiß und ich möchte mir die Kleider vom Leib reißen, aber jeder könnte hereinkommen und sehen, was wir hier tun. Und obwohl es schon spät ist und der Großteil des Hauses im Bett liegt, sind die Männer wach und gehen durch die Flure, um ihre Arbeit zu erledigen.

Ihre Schritte nähern sich dem Flur, und ein Schauer durchfährt meinen Körper.

Luka reibt sein Knie weiter gegen mich. Seine Erektion stupst mich an und ich greife nach seiner Gürtelschnalle, um seine Hose zu öffnen. Ich will ihm Freude bereiten, ihn berühren und ihn weiter erregen.

„Nein, hier geht es um dich", sagt Luka und drückt meine Arme gegen die Wand.

Ich bin im Himmel und in der Hölle zugleich. Ich will, dass Luka mich verwöhnt, aber ich bin nicht begeistert von der Aussicht, gesehen zu werden.

„Oben?" krächze ich.

Lukas Lippen kitzeln meinen Nacken, und er zieht sich leicht zurück, um meinen Blick zu erwidern. „Das lässt sich einrichten." Er nimmt meine Hand und führt mich hinauf in sein Schlafzimmer.

Kaum ist die Tür geschlossen, drückt er mich gegen das Holz. Unsere Münder verschmelzen zu heißen Küssen. In diesem Tempo schaffen wir es nie bis zum Bett, aber das ist mir egal.

Er zerrt an meinem Hemd, reißt es herunter und wirft es quer durch den Raum. Sein Schlafzimmer ist nur schwach beleuchtet, aber seine Finger zeichnen die blauen Flecken an meinem Hals nach. Lukas Aufmerksamkeit liegt auf den Flecken, die Mark hinterlassen hat.

„Sei froh, dass er tot ist", sagt Luka und lässt seine Lippen auf meinen Hals sinken. „Wer dich anrührt, den bringe ich um."

Bei seinen Worten atme ich scharf ein. Ich habe nie um Luka's Schutz oder Hingabe gebeten. Ein

Dutzend widersprüchlicher Gedanken über Luka und Mark schießen mir durch den Kopf, aber sie verstummen, als Luka seinen Mund auf meinen presst und seine Zunge in meine Lippen drängt t.

Meine Finger verheddern sich in seinen Haaren, ich ziehe ihn näher zu mir und drücke ihn mit dem Rücken zum Bett. Ich muss den Schmerz vergessen, die Erinnerungen auslöschen, die mich heimsuchen. Luka ist der einzige Mann, der es schafft, dass ich mich lebendig fühle.

„Kondom?" frage ich und vergewissere mich, dass wir bereit sind, obwohl Luka noch vollständig angezogen ist und ich meine Hose noch nicht ausgezogen habe.

„Nicht so schnell, *Zaya*", sagt Luka und grinst. Er dreht mich um und führt mich auf die Matratze.

Ich rutsche nach hinten und er krabbelt über mich. Seine Finger sind rau und warm, als er mir die Hose herunterzieht und sie hinter sich wirft.

Er klettert zwischen meine Beine und legt ein Bein auf seine Schulter, während er sich an mein Höschen lehnt und den dünnen Stoff krault. „Du bist feucht für mich", sagt er und freut sich über seine Errungenschaft.

Er neckt mich durch den dünnen Stoff und ich schwöre, ich spüre seine Zunge. Die Barriere aus Baumwolle ist zu dick.

Er spürt, dass ich mich unwohl fühle und reißt mir das Höschen herunter, was meinen Bauch zum Flattern bringt. „Du siehst so verdammt sexy aus, wenn du nackt bist", flüstert Luka. Er führt mein Bein sanft zurück auf die Matratze, während er auf mich klettert.

„Ich will dich nackt sehen."

„Und das wirst du auch", sagt Luka und lächelt auf mich herab. Seine Augen leuchten, und mein Herz hämmert in meiner Brust.

Ich greife nach seinem Hemd und reiße den weißen Baumwollstoff auf, wobei die Knöpfe abreißen.

„Das war mein gutes Hemd", sagt Luka spitz und drückt meine Arme auf die Matratze.

„Ernsthaft? Jedes Hemd, das du trägst, sieht gleich aus." Ich bin erst eine Handvoll Tage mit ihm zusammen, aber er zieht sich immer gleich an. Ich wette, jedes Hemd in seinem Schrank ist weiß.

Er knurrt spielerisch und beugt sich hinunter, um meine Lippen zu erobern, während er sein Gewicht gegen mich presst.

Ich kann mir das Stöhnen nicht verkneifen, das mir über die Lippen kommt, als ich meine Beine um ihn schlinge. Ich kämpfe nicht um die Kontrolle, sondern will sein Verlangen anheizen. Ich ringe mit seinen Hüften und versuche, uns umzudrehen, damit ich ihn richtig ausziehen kann.

Aber Luka hat andere Ideen, bei denen es nicht darum geht, dass ich dominiere.

„Warst du schon mal gefesselt im Bett?" fragt Luka und seine Lippen streicheln mein Ohr.

Mein Mund wird trocken. Die Idee hat mich fasziniert, aber ich kenne Luka nicht gut genug, um ihm zu vertrauen und mich ihm ganz hinzugeben. Das ist ein großer Schritt. „Es ist eine Fantasie", gestehe ich und kaue auf meiner Unterlippe. „Aber nicht für heute."

Er drückt mir einen weiteren heißen Kuss auf die Lippen und lockert seinen Griff um meine Arme.

Meine Hände streifen seine Brust und berühren seine nackte Haut, während ich meine Finger hinunter zu seiner Gürtelschnalle wandern lasse. Ich löse den Verschluss und er öffnet den Reißverschluss seiner Hose, sodass ich ihm seine Hose und Boxershorts ausziehen kann, während ich jeden Zentimeter von ihm bewundere.

„Du starrst", sagt er.

Wie könnte ich auch nicht? Er ist riesig, gut bestückt und stellt Mark in den Schatten. Nicht, dass Mark gut im Sex war.

Ich lasse meine Finger über seinen Bauch gleiten, als ich mein eigentliches Ziel erreichen will, packt Luka meine Handgelenke und drückt mich zurück gegen die Matratze. „Denk dran, heute Abend geht es um dich."

„Ja, und ich will dich schmecken", sage ich und schaue nach unten, obwohl ich zwischen uns, da wir gegen die Matratze gedrückt sind, nicht viel sehen kann.

Er versucht, sein Lächeln zu verbergen, aber seine Augen leuchten. „Das wirst du, wenn wir es das nächste Mal tun", sagt Luka.

Mein Herz klopft gegen meinen Brustkorb, als er zugibt, dass dies keine einmalige Sache zwischen uns ist, sondern dass er will, dass wir es wieder tun.

Der Raum ist warm und ich bin mir sicher, dass ich errötet bin oder zumindest erröten werde.

„Entspann dich, *Zaya*." Er löst seinen festen Griff um meine Arme und küsst mich leidenschaftlich vom Hals bis zum Oberkörper.

Jeder Kuss macht mich unruhig und verlangt nach mehr mit ihm.

Es ist, als wüsste er genau, was ich brauche und gibt es mir, wieder und wieder. Sein Mund ist warm und kitzelt meine Innenschenkel mit einer sanften Spur von Küssen.

Ich atme scharf ein, als er endlich sein Ziel erreicht, und es ist millionenfach besser, als ich es mir mit Luka vorgestellt habe.

Er fährt mit seiner Zunge über meine Muschi und mein Inneres bebt und zittert, während er mich schmeckt, neckt und in die Vergessenheit bringt.

Luka weiß genau, was er tun muss, und mein Herz pocht gegen meine Brust, meine Zehen krümmen sich und mein Rücken wölbt sich auf der Matratze.

Nachdem die erste Welle durch mich hindurchgekrochen ist, küsst er mich, während er sich ein Kondom schnappt. Einen Moment später schiebt er seinen Schwanz in meine Wärme und ist sich sicher, dass ich bereit für ihn bin.

Luka füllt jeden Zentimeter von mir aus und lässt mein Inneres auf die köstlichste Art und Weise schmerzen.

Der Raum füllt sich mit Stöhnen und schweren Atemzügen, ich ringe nach Luft, keuche, während er in mich stößt. Ich schlinge meine Beine um ihn, ziehe ihn tiefer in mich hinein, will ihn näher, fester und eins mit mir werden lassen.

Eine weitere Welle bricht über mich herein und er beißt mir in den Nacken und hinterlässt eine köstliche Spur. Ich erschaudere und stöhne, und Luka bedeckt meine Lippen mit seinen. Ich kann nicht sagen, ob er mich zum Schweigen bringt, weil ich sonst das ganze Haus aufwecken würde, oder ob er es genauso nötig hat wie ich und mit ihm verschlungen sein will.

Ich will nicht, dass dieser Moment jemals endet, aber dann drückt er mir einen Kuss auf die Stirn und klettert herunter, um das Kondom zu entsorgen.

Erschöpft greife ich nach der Decke. Wird er mich bitten, in mein Zimmer zurückzukehren? Ich sollte es tun, denn Bay ist da drin und sonst wird sie am nächsten Morgen ganz aufgeregt sein, wenn sie allein in einem relativ fremden Haus aufwacht.

Aber stattdessen schließe ich meine Augen.

Das Licht im Bad wird ausgeschaltet und das Bett senkt sich, als Luka zu mir unter die Decke klettert. Er zieht mich an sich und kuschelt mit mir.

„Ich habe dich nie für einen Kuschler gehalten", murmele ich im Halbschlaf.

„Bin ich auch nicht", flüstert Luka in meinen Nacken. „Normalerweise nicht. Ich genieße die Zeit, die ich mit dir in meinem Bett habe."

ACHTZEHN

Luka

Es klopft fest an die Schlafzimmertür.

Ich habe verschlafen. Ein Blick auf die Uhr verrät mir, dass es schon weit nach acht ist. Aber das ist mir egal. Ich greife neben mich, doch das Bett ist eiskalt. Hannah muss sich heute Morgen oder irgendwann in der Nacht rausgeschlichen haben.

Ich habe sie nicht gehen hören.

„Nur eine Sekunde!", rufe ich, schnappe mir meine Boxershorts und ziehe sie an, bevor ich die Schlafzimmertür öffne.

Nikita ist angezogen und bereit, den Tag zu beginnen.

Ich? Ich würde es vorziehen, wieder mit einer sexy Brünetten im Bett zu liegen.

„Was ist los?" frage ich und reibe mir den Nacken.

Nikita nickt. „Darf ich reinkommen?"

Ich öffne die Schlafzimmertür und er schaut sich um und bemerkt meine Klamotten, die im Zimmer herumliegen. „Heißes Date mit der Mutter da unten?" Das Grinsen auf seinem Gesicht verrät mir, dass er es nicht für sich behalten wird.

„Was willst du, Nikita?"

„Ich habe die Informationen, die Mikhail über Mark haben wollte. Als ich seinen vollen Namen, Markus Jacobi, herausgefunden hatte, war mir die Verbindung schnell klar. Er ist einer von uns", sagt Nikita.

„Das kann nicht sein", sage ich und schüttle den Kopf. Ich hätte Markus erkannt, wenn er für die Bratva gearbeitet hätte. Ich kenne zwar nicht jeden Soldaten und Mitarbeiter, aber ich kann mir Gesichter und Namen gut merken.

„Er war ein einfacher Mitarbeiter, Markus Jacobi. Er hat die Bücher für einen der Clubs geführt, die Mikhail besitzt."

Ich bücke mich und hebe meine Kleidung vom Vorabend auf, darunter ein halbes Dutzend Knöpfe, die auf dem Boden liegen. „Hannah erwähnte, dass er Buchhalter ist."

„Soweit ich weiß, hat er jeden Monat für sich etwas Geld auf ein Konto auf den Cayman-Inseln abgezweigt. Als er bemerkte, dass er in eine Geldwäsche verwickelt war, beschloss er, sich einen Teil unseres Anteils zu sichern."

„Blödmann", murmle ich. „Wer wusste von dem Diebstahl?"

„Mark hat mit Dmitri zusammengearbeitet", sagt Nikita. „Dmitri hatte den Verdacht, dass Mark Dreck am Stecken hat und ließ von Anton sein Büro überwachen, aber nicht sein Haus."

„Wer wusste noch davon?"

„Das Team, das die elektronische Überwachung einrichtete. Dmitri hat es Mikhail nicht einmal gesagt, weil er ihn nicht beunruhigen wollte, falls er sich irrt. Du weißt, wie schnell Mikhail reagieren kann. Dmitri wollte keine voreiligen Schlüsse ziehen. Er hatte keine Beweise, nur einen Verdacht."

„Aber Mikhail hat Mark in der Nacht nicht erkannt", sage ich. Wir haben ihn außerhalb des Geländes ganz schön aufgemischt. Hätte er nicht einen seiner Angestellten erkennen müssen?

„Mikhail hatte sich nicht direkt mit Markus getroffen und er kannte ihn als Markus. Es gab keinen Grund, warum Mikhail wissen sollte, dass Hannahs Verlobter unser Buchhalter ist."

Ich hole meine Klamotten aus dem Schrank und gehe ins Bad, wo ich Nikita durch die Tür zuhöre. „Wie viel weiß Hannah über Marks Beteiligung?"

„Deshalb bin ich hier", sagt Nikita. „Ich musste Mikhail zuerst berichten, was ich herausgefunden habe. Er will wissen, ob man deinem Mädchen trauen kann."

Ich wechsle die Boxershorts und ziehe meine Hose an, bevor ich die Tür öffne. „Hannah weiß von nichts", sage ich. Ich schnappe mir ein knackiges weißes Hemd und ziehe es mir über die Schultern, wobei ich die Knöpfe von oben nach unten zumache
.

„Bist du sicher? Was ist mit dem Cayman-Konto?" fragt Nikita.

„Ich werde sie fragen, aber vielleicht hat sie noch mehr Fragen zu unserem Geschäft, wenn ich sie darauf anspreche.

———

Bay sitzt auf dem Boden und spielt mit den Stofftieren, die wir aus der Wohnung mitgebracht haben.

Hannah sitzt mit ihr auf dem Boden und tut so, als würde sie eine Teeparty mit dem ganzen Zoo feiern.

„Können wir uns hinsetzen und reden?", frage ich Hannah.

„Klar", sagt sie und steht auf. „Ich bin gleich wieder da. Bleib hier, okay?" Hannah drückt Bay einen Kuss auf die Stirn, bevor sie mir aus dem Arbeitszimmer, den Flur entlang und in mein Büro folgt.

Sie setzt einen Fuß hinein und schaut sich im Raum um. „Was ist hier los?" Sie verschränkt die Arme vor der Brust. Ich kann nicht sagen, ob ihr kalt ist oder ob sie sich unwohl fühlt.

„Setz dich", sage ich mit einer Geste zu dem Ledersessel und sie runzelt die Stirn, tut aber, was ich ihr sage.

„Luka? Bedauerst du die letzte Nacht?" Sie runzelt die Stirn und ich möchte ihr versichern, dass die letzte Nacht nichts mit meinen Fragen zu tun hat, ich kann sie aber jetzt nicht beruhigen.

Es klopft heftig an der Tür und Mikhail betritt das Büro.

Er möchte dem Verhör beiwohnen, obwohl ich nicht vorhabe, eine umfassende Befragung durchzuführen. Soweit ich weiß, hat Hannah nichts Falsches getan.

Mikhail steht an der Tür, die Arme vor seinem Körper verschränkt. Er nickt mir zu, dass ich das Reden übernehmen soll.

„Wusstest du, dass Mark für Mikhail gearbeitet hat?"

Sie blickt von mir über die Schulter auf den Pakhan. „Nein. Er hat es nie erwähnt." Sie reibt sich die Stirn und richtet ihre Aufmerksamkeit wieder auf mich. „Er hatte eine Menge wichtiger Kunden. Ich kenne keinen von ihnen. Worum geht es hier?"

„Dein Verlobter hat mir Geld gestohlen", sagt Mikhail. Er stolziert weiter ins Büro und stellt sich neben mich. „Wir glauben, dass er ein Offshore-Konto auf den Caymaninseln eingerichtet hat, auf das er einen Teil unseres Geldes überwiesen hat.

Hannahs Augen weiten sich, und sie lehnt sich in ihrem Ledersessel zurück. Ihr Gesichtsausdruck ist entsetzt. „Das ist neu für mich. Bis zu dieser Woche war Mark praktisch ein Heiliger."

Ich tausche einen Blick mit Mikhail.

„Was meinst du?", fragt Mikhail, der eine weitere Erklärung für die Ereignisse haben möchte.

Sie seufzt und lässt die Schultern sinken, während sie zu mir hochschaut. „Es fing alles damit an, dass ich Luka und Madisyn in der Bar getroffen habe. Als Luka mich nach Hause brachte, traf er an der Wohnungstür auf Mark. Die Dinge änderten sich. Mark hat sich auch verändert."

Ich sehe Mikhail an. „Es ist möglich, dass Markus mich erkannt hat." Dem Bratva gehört sein Arbeitsplatz, obwohl er ein eigenes Büro in unserer Einrichtung hat, hätten wir uns leicht über den Weg laufen können.

„Was meinst du damit, er hat dich erkannt?" Hannah
steht auf und blickt zwischen uns Hin und Her. „Ich
weiß nicht, was hier los ist, aber Mark ist tot. Willst
du Zugang zu dem Konto in Übersee? Ich kann die
Wohnung durchkämmen und schauen, ob ich
Kontodaten finde", sagt Hannah.

„Das ist nicht nötig", sagt Mikhail und wirft ihr
einen Blick zu. Er mustert sie, um sicherzugehen,
dass sie ihn nicht anlügt oder etwas Wichtiges zu
verbergen hat. „Wir können seinen Computer
zurückverfolgen und das Geld selbst finden."

Das ist nicht so einfach, wie es klingt, aber Mikhail
lässt sich nicht anmerken, dass es ein langwieriges
Unterfangen ist, das Geld aufzuspüren.

Hannah nickt langsam. „Es tut mir leid, dass er
deine Firma verraten hat." Ihre Lippenwinkel sind
nach unten gezogen. „Er hat nie mit mir über seinen
Job oder seine Kunden gesprochen."

„Er hatte nur einen Kunden", sagt Mikhail. Er schaut
zu mir und dann wieder zu Hannah. „Würdest du
uns einen Moment allein lassen?"

Sie steht vom Sessel auf und geht zur Tür. „Du hast gesagt, er hatte nur einen Kunden?", fragt Hannah, als sie sich der Tür nähert.

„Das stimmt", sagt Mikhail. „Wir haben ihn mit unserem Papierkram und den Finanzen beschäftigt."

„Er hatte erwähnt, dass er für die Arbeit nach Übersee zieht. Das war doch nicht wahr, oder?" Hannah atmet leise aus, ihre Unterlippe schmollt.

„Er wäre nicht wegen seines Jobs umgezogen", sage ich. Markus hatte vor, zu fliehen und auf die Cayman zu ziehen, nachdem er genügend Geld für einen Neuanfang abgezweigt hatte. Männer wie Markus, die die Bratva bestehlen, haben eine kurze Lebensdauer. Er muss gewusst haben, dass wir ihm auf der Spur waren. „Geh und leiste Bay Gesellschaft. Ich hole dich , wenn wir weitere Fragen haben."

Hannah verlässt mein Büro und schließt leise die Tür hinter sich.

Ich warte, bis sie nicht mehr vor der Tür steht und den Flur entlang geht. „Ich glaube ihr", sage ich und warte auf Mikhails Meinung. Seine Meinung ist die einzige, die zählt, aber ich möchte klarstellen, dass ich nicht glaube, dass Hannah etwas falsch gemacht hat.

„Nach den Überwachungsaufnahmen, die Nikita mir aus dem Büro gezeigt hat, hat Markus weder sie noch jemand anderen während der Arbeit kontaktiert. Ihre Geschichte klingt glaubwürdig. Behalte sie auf dem Gelände im Auge und stelle sicher, dass sie nicht versucht, Informationen zu bekommen, aber ich habe keinen Grund, sie zu verdächtigen."

Ich atme erleichtert auf. Es ist gut, dass Hannah nicht auf Mikhails Radar ist, denn sonst würde sie wahrscheinlich die Treppe hinunter ins Gefängnis geworfen und mit weitaus härteren Methoden verhört werden, als sich zu einem kleinen Gespräch zusammenzusetzen.

Nachdem Mikhail das Büro verlassen hat, setze ich mich an meinen Schreibtisch, um das Überwachungsmaterial, das wir aufgenommen haben, zu sichten und das Video von Marks Todesnacht zu löschen.

Es klopft unsanft an der Tür. „Komm rein", sage ich zu demjenigen, der auf der anderen Seite steht.

Madisyn setzt einen Fuß in mein Büro. Sie schließt die Tür hinter sich.

„Was ist hier los?", frage ich.

„Wir müssen reden."

NEUNZEHN

Hannah

Ein paar Minuten zuvor...

Mark hat mich angelogen. Diese Woche wird einfach immer besser und besser. Erst hielt er mich gegen meinen Willen in der Wohnung fest. Dann hatte er einen Herzinfarkt und starb. Jetzt finde ich heraus, dass er Geld von der Firma gestohlen hat, die ihn eingestellt hat.

„Mama", sagt Bay und schiebt mir die Spielteekanne zu, damit ich sie nachfülle. Es ist ein vorgetäuschter Tee, aber meine Gedanken sind meilenweit weg und ich bin zu abgelenkt, um mich daran zu erinnern, wie man einen falschen Tee zubereitet.

Bay klettert auf meinen Schoß, weil ich nicht schnell genug tue, was sie will.

Schwere Schritte kommen den Flur entlang und ich werfe einen Blick auf die Tür, als ein mir unbekannter Herr das Arbeitszimmer betritt. „Ma'am, das haben wir in der Wäsche gefunden. Ich glaube, es wurde versehentlich mit der Wäschetonne verwechselt." Er überreicht mir einen roten, versiegelten Umschlag.

Mein Name ist von Marks Handschrift auf die Vorderseite gekritzelt..

„Woher hast du das?", frage ich, renne dem Herrn hinterher, dann setze ich mich zu Bay auf den Boden.

„Wie gesagt, aus der Wäscherei. Eine der Haushälterinnen hat es in den Kleidern gefunden und meinte, es sollte dir zurückgegeben werden."

„Danke", sage ich und studiere den Umschlag.

Er eilt zurück zu seinen Aufgaben und verschwindet im Flur. Ich habe den Herrn schon ein- oder zweimal gesehen, aber seinen Namen habe ich nie erfahren.

Ich atme nervös aus und bin mir nicht sicher, ob ich bereit bin, den Brief zu lesen. Was, wenn es eine Entschuldigung ist?

Das bezweifle ich.

Wahrscheinlich ist es ein Brief, in dem Mark mir schreibt, dass ich ein schrecklicher Mensch bin, weil ich ihn verlassen habe und dass ich ohne ihn in meinem Leben nie glücklich sein werde. Ich sollte den Umschlag nicht öffnen. Stattdessen sollte ich ihn in den nächsten Papierschredder stecken oder ihn verbrennen.

Aber die Neugier übermannt mich und ich reiße den Umschlag auf und ziehe eine handgeschriebene Notiz von Mark heraus.

Hannah,

Ich wünschte, ich könnte alles persönlich erklären. Aber das kann ich nicht. Nicht, solange du unter dem Dach der Bratva lebst.

Ich habe dich gewarnt, dich von Luka fernzuhalten und ihm nicht zu sagen, dass Bay seine biologische Tochter ist. Ich kann dich nicht beschützen, wenn du mit ihm zusammen bist. Obwohl ich dir alles sagen wollte, könnte es dich umbringen, wenn ich es dir sage.

Luka ist nicht der Mann, der er vorgibt zu sein. Er ist ein Lügner. Hat er dir erzählt, dass er für Mikhail Barinov arbeitet, den größten Verbrecherboss an der Ostküste?

Ich weiß das, weil ich für ihn arbeite. Ich habe den Mann nie getroffen; er ist zu schlau, um sich die Hände schmutzig zu machen. Aber es gibt Beweise, und Papiere von seinen illegalen Geschäften.

Luka ist ein russischer Bratva. Das sind mächtige und gefährliche Männer, die mich töten würden, um zu verhindern, dass du die Wahrheit erfährst.

Wenn ich am Ende tot bin, solltest du wissen, dass ich vielleicht nicht unschuldig war, aber sie sind es auch nicht. Sie sind Mörder, Diebe, Drogenbarone und Schwerverbrecher.

Nimm dich in Acht.

Mark

Mein Atem stockt und ich lese den Brief noch einmal, um sicherzugehen, dass ich nichts übersehen habe. Ich schiebe den Umschlag samt Inhalt in meine Tasche.

Wir können hier nicht bleiben. Wenn Mark recht hatte und Luka Teil einer kriminellen Organisation ist, dann ist Bay bei Luka nicht sicher.

Ich hebe Bay vom Boden auf.

„Mama, runter!" verkündet Bay, während ich nach ihrem Lieblingsstoffhasen greife und ihn ihr reiche, um sie abzulenken, während ich durch den Flur an Lukas Büro vorbeieile.

Ich kann ihn nicht zur Rede stellen. Er würde mich nur anlügen. Ein Mann, der für die Bratva arbeitet, wird seine schändlichen Taten nicht zugeben.

Ich eile den Flur entlang und suche nach Madisyn. Sie ist in der Küche und holt sich einen Snack aus dem Kühlschrank.

„Wir müssen hier raus", sage ich mit leiser Stimme.

Madisyn öffnet einen Becher Ben & Jerry's Eiscreme, nimmt einen Löffel und schiebt sich die süße Leckerei in den Mund. Sie starrt mich an, als ob ich verrückt geworden wäre.

Ich wünschte, das wäre ich. Es wäre einfacher, damit umzugehen, als zu wissen, dass der Vater meines Kindes ein Monster ist.

„Hm?", fragt Madisyn und wartet auf eine weitere Erklärung für meinen Ausbruch.

Ich zeige ihr den Umschlag und den Brief, der leicht zerknittert ist, aber noch gut lesbar. „Mikhail, Luka, sie sind Bratva", sage ich. Ich werfe einen Blick hinter uns auf den offenen Eingang zur Küche. „Ich werde mit Bay von hier verschwinden. Du solltest mit uns kommen", sage ich und schaue zu ihr rüber.

Sie ist nicht sichtbar schwanger, zumindest kann ich es nicht sehen, aber sie kann dieses Leben nicht für ihr Kind wollen.

„Ich werde nicht gehen", sagt Madisyn. „Und ich denke, du solltest mit Luka reden, bevor du abhaust." Sie nimmt einen weiteren Bissen Eiscreme, ohne sich über die Nachricht aufzuregen.

„Wusstest du, dass sie Bratva sind?" Ich kann nicht glauben, dass sie es mir nicht gesagt hat. Wie kann es sein, dass sie das für ihr Kind in Kauf nimmt?

„Ich habe früher für das FBI gearbeitet", sagt Madisyn.

Das hat sie mir schon einmal erzählt, aber ich habe ihr nicht geglaubt. Ich dachte, sie macht Witze darüber, dass sie FBI-Agentin war.

Ich verlasse die Küche wieder. „Ich kann nicht bleiben." Ich eile den Flur entlang und zur Haustür. Ich mache mir nicht die Mühe, etwas zu packen. Wir haben keine Zeit.

Ich setze Bay auf den Rücksitz und schnalle sie in ihrer Sitzerhöhung fest, bevor ich auf den Vordersitz klettere, die Tür zuschlage und losfahre. Zum Glück öffnet der Wachmann das Tor, ohne auch nur eine Frage zu stellen.

Wenigstens sind wir keine Gefangenen. Ich atme erleichtert auf, aber ich fühle mich weder beruhigt noch getröstet. Ich kann nicht zur Arbeit zurückkehren. Luka weiß, wo ich gelebt und gearbeitet habe, er weiß alles über mich.

Ich muss raus aus der Stadt, weg aus New York. Das ist die einzige Chance, Bay und mich in Sicherheit zu bringen.

ZWANZIG

Luka

Es klopft energisch an der Tür. „Komm rein",
sage ich.

Madisyn öffnet langsam die Tür zu meinem Büro
und streckt ihren Kopf herein. Ich gebe ihr ein
Zeichen und mein Magen dreht sich um, als ich den
roten Umschlag von gestern Abend sehe, den Mark
für Hannah hinterlassen hat.

„Woher hast du den?" ‚frage ich. Bei näherer
Betrachtung sehe ich den aufgerissenen Inhalt,
obwohl ich nicht weiß, was in dem Brief stand. Ich
habe ihn nie gelesen.

„Hannah hat ihn mir gegeben. Sie wollte, dass ich mit ihr weggehe."

„Weggehen?" Ich springe von meinem Schreibtisch auf und dränge mich an Madisyn vorbei. „Hast du sie gehen lassen?" Ich gehe auf das Arbeitszimmer zu, in dem Bay heute Nachmittag gespielt hat.

„Ich bin nicht ihr Aufpasser", sagt Madisyn, als sie mir in den Flur folgt. Sie verschränkt die Arme vor der Brust, als ich einen Blick in das Arbeitszimmer werfe und sehe, dass die Spielsachen verlassen sind, aber es gibt keine Spur von Hannah oder Bay.

„Wo ist sie hin?"

„Du hättest ehrlich zu ihr sein sollen", sagt Madisyn. „Sie hätte es eines Tages herausgefunden. Was dachtest du, würde passieren, wenn sie die Wahrheit von ihrem Ex-Verlobten erfährt?"

Ich spotte über ihre Andeutung. „Er hätte es ihr nicht sagen können. Er ist tot!"

Mikhail kommt aus seinem Büro, als er den Aufruhr hört. „Was zum Teufel ist hier los?"

„Hannah ist mit Bay gegangen", sage ich. „Sie hat herausgefunden, dass wir Bratva sind und ist mit meinem Kind abgehauen."

„Bay ist auch ihr Kind", sagt Madisyn. „Sie versucht nur, sie zu beschützen. Sie wird zurückkommen."

Ich sehe Madisyn böse an. „Du kennst Hannah nicht. Sie wird nicht zurückkommen." Ich gehe zur Garage und schnappe mir einen Schlüsselbund.

„Wo willst du hin?", fragt Mikhail. „Wenn du nicht weißt, wohin sie geht, wirst du sie nie finden."

Genau das ist der Punkt. Sie will nicht gefunden werden. Hannah hat kein Handy, das ich orten kann, und ich habe nie einen GPS-Tracker an ihrem Auto angebracht.

„Ich kann sie doch nicht einfach mit meiner Tochter weggehen lassen!" Ich fahre mir mit den Fingern durch die Haare. „Was schlägst du mir vor?"

„Wir können uns in die Überwachungsvideos der Straßen hacken ihr Fahrzeug verfolgen, um zu sehen wohin sie fährt", sagt Mikhail. Er ist ganz ruhig. Als hätte er so etwas schon einmal gemacht und wäre nicht im Geringsten besorgt.

Schweißperlen stehen mir auf der Stirn. Mein Magen dreht sich um und ich hoffe, dass mir nicht schlecht wird. Vielleicht sollte es mir egal sein, aber Bay ist meine Tochter, und wenn Hannah gehen will, bleibt Bay in meiner Obhut.

„Setz dich in mein Büro", sagt Mikhail und ich tue, was er sagt.

Meine Haut kribbelt und meine Beine hüpfen vor Ungeduld, etwas zu tun. Ich bin kein Mann, der stillsitzt und wartet. Alles in mir schmerzt, ich weiß, dass sie weg ist, weil sie wütend auf mich ist.

Wie konnte ich das nicht kommen sehen?

„Bleib ruhig sitzen. Ich suche Nikita", sagt Mikhail und eilt aus seinem Büro in den Flur. Er lässt die Tür offen.

Madisyn steht neben der Tür. „Es tut mir leid", sagt sie und faltet ihre Hände zusammen. Ihre Entschuldigung ist aufrichtig, aber sie beseitigt nicht den Schmerz und erleichtert das Geschehene nicht .

Werde ich Hannah und Bay jemals wiedersehen?

Selbst wenn ich sie finde, wie soll ich das wiederzumachen? Ich bin eine Bratva. Das ist ein

Teil von mir. Ich kann nicht einfach davor weglaufen, selbst wenn ich es wollte.

Ich atme einen schweren Seufzer aus und lehne mich nach vorn, den Kopf in die Hände gestützt. Ich habe es vollkommen vermasselt. „Gerade als es endlich gut lief", murmle ich.

„Das kann man ändern", sagt Madisyn. Sie lehnt sich gegen den Türpfosten und verschränkt die Arme vor der Brust.

„Wie?" Ich blicke zu ihr hoch.

„Erkläre es ihr", sagt Madisyn. Sie ist ruhig, aber sie wusste von Anfang an, dass Mikhail der Anführer der Bratva ist.

„Ich glaube nicht, dass ein Strauß Rosen und eine Entschuldigung die Situation lösen werden."

„Pralinen", sagt Madisyn grinsend.

Ich lächle nicht. „Das ist nicht lustig." Wie kann sie lachen? Ach ja, es ist ja nicht ihr Kind, das weg ist. „Ich gebe dir die Schuld."

„Ich? Was habe ich denn getan?" Madisyn ist empört und tritt einen Schritt weiter ins Büro, um sich vor mich zu stellen.

„Du bist mit Hannah befreundet."

„Und?", starrt sie mich an. „Was hat das denn mit all dem zu tun? Ich habe euch beide nicht vorgestellt."

Ich halte meinen Mund und ignoriere sie, als sie sich in meinen persönlichen Raum drängt. „Lass mich in Ruhe", knurre ich, weil ich meinen Freiraum und meine Ruhe brauche.

„Na schön", faucht Madisyn und stapft davon wie ein kleines Kind.

Es ist kein einfacher Weg, das was passiert ist, wiedergutzumachen. Kriechen ist nicht meine Stärke. Normalerweise bin ich direkt und nehme mir, was ich will. Hannah wird mir nicht wieder in die Arme fallen, nur weil ich ihr sage, dass ich sie in meinem Leben haben möchte.

Während ich schweigend dasitze, kommt Mikhail erst nach einiger Zeit zurück. Er hat Anton aufgespürt und ihm den Befehl gegeben, die Verkehrskameras zu hacken. Ich wusste nicht, dass er alles hacken kann, aber vielleicht wendet er sich an den Mitarbeiter, der für diese Art von Arbeit zuständig ist.

Mein Handy summt mit einem Alarm. Ich ziehe mein Telefon aus der Jackentasche und bin unsicher, was mich erwartet. Die meisten Benachrichtigungen auf meinem Handy sind auf lautlos gestellt wie SMS und E-Mails. Die Benachrichtigung weist mich darauf hin, dass sich in der Wohnung etwas bewegt.

Hannahs Wohnung.

„Was zum Teufel?" Ich öffne die Anwendung und erhalte einen Live-Feed von Hannah und Bay im Wohnzimmer der Wohnung.

Zum Glück wurde Marks Leiche entfernt und die Beweise für unsere Beteiligung wurden beseitigt.

Ich schalte die Audioübertragung ein und achte darauf, dass das Mikrofon ausgeschalten ist , damit sie mich nicht hören kann. „Was macht sie da?" sage ich und beobachte, wie sie die Wohnung durchstöbert.

Wir haben schon ein paar Klamotten und Spielzeug für Bay mitgenommen.

Hannah packt nichts ein. Es sieht so aus, als würde sie nach etwas suchen.

Ich kann nicht einfach nur herumsitzen und abwarten, wohin sie als Nächstes geht. Ich verlasse eilig Mikhails Büro und gehe im Flur an ihm vorbei. „Sie ist in ihrer Wohnung", sage ich und eile zur Garage, um die Autoschlüssel zu holen.

„Was macht sie dort?", fragt Mikhail.

„Keine Ahnung, aber ich betrachte es als Sieg." Ich muss einfach da sein, bevor sie findet, was sie sucht, und verschwindet.

Ich rase durch die Stadt, überfahre mehrere Ampeln und Stoppschilder, um Hannahs Wohnung zu erreichen, bevor sie weg ist.

Ich renne die Treppe hoch, ohne auf den Aufzug zu warten. Es sind nur drei Stockwerke. Ich nähere mich ihrer Wohnungstür, hebe ich die Hand um an die Tür zu klopfen.

Wird sie weglaufen?

Sie wird Bay nicht über die Feuerleiter mitnehmen, und die Fenster sind zu hoch, um sich hinauszuschleichen.

Auf der gegenüberliegenden Seite der Tür bewegt sich etwas, aber sie öffnet die Tür nicht oder sieht, wer klopft.

Ich versuche, die Klinke zu drücken, aber sie ist verschlossen. Vielleicht sollte ich nicht überrascht sein, aber ich klopfe noch einmal lauter an die Tür. „Hannah, wir müssen reden."

Ihre Schritte sind laut, als sie sich der Tür nähert, den Riegel aufschließt und die Tür aufreißt. „Was willst du?"

„Kann ich hereinkommen, oder willst du, dass deine Nachbarn alles hören?"

Hannahs Blick verkrampft sich, aber sie tritt zur Seite. Ihre Lippen sind geschürzt und sie verschränkt die Arme vor der Brust. „Bay, Süße, geh für ein paar Minuten in dein Schlafzimmer.

„Ich will nicht", jammert Bay und starrt mich an. „Mama ist sauer auf dich."

Ja, Kind, erzähl mir etwas, das ich noch nicht weiß. Ich beuge mich auf Bays Höhe hinunter. „Wie wäre es, wenn du auf deine Mutter hörst?" Ich zerzause ihr die Haare, woraufhin sie sich aus meinem Griff befreit und in ihr Zimmer rennt .

„Was auch immer du mir sagen willst, ich möchte es nicht hören", sagt Hannah. Sie dreht mir den Rücken zu und stürmt wieder in ihre Wohnung, reißt Schubladen auf und nimmt alles auseinander.

„Wonach suchst du?" Hat sie Bargeld versteckt oder eine Reihe von Papieren und Dokumenten, die sie vor mir verstecken will?

„Das blöde Konto, von dem du behauptest, dass Mark es auf den Cayman hat", sagt Hannah. „Wenn ich dir die Kontodaten besorge, lässt du Bay und mich dann in Ruhe?"

„Das Geld ist mir egal."

Mikhail ist vielleicht anderer Meinung als ich, aber mir geht es nicht ums Geld. Es geht um mein Kind. Ich will Bay in meinem Leben haben. Ist ihr das nicht klar?

Sie wirft mir über ihre Schulter einen Blick zu, während sie den Computertisch auseinandernimmt. Jede Schublade liegt auf dem Boden. Sie sucht nach einem doppelten Boden, aber ich bezweifle, dass Mark die Beweise in seinem Schreibtisch versteckt hatte . Das wäre zu offensichtlich, selbst für ihn. „Warum bist du hier?", fragt Hannah.

„Ich wollte nie, dass du gehst."

„Und der Brief?" Sie steht wieder mit dem Rücken zu mir. Sie will mir nicht ins Gesicht sehen. Ich spüre ihre Wut, vielleicht sogar ihren Groll, weil sie mir vertraut hat.

„Ich habe ihn nie geöffnet. Ich habe ihn vielleicht in meine Manteltasche gesteckt, aber mehr auch nicht."

Sie macht sich lustig über meine Behauptung, ich sei unschuldig. „Du hast den Brief aus meiner Wohnung genommen und mir nichts gesagt."

Das ist keine Frage, sondern eine Anschuldigung.

„Ich hätte es dir sagen sollen", sage ich und verzichte auf eine Ausrede.

„Hattest du vor, ihn mir zu geben?", fragt Hannah und dreht sich zu mir um, und sieht mich an.

Der Umschlag ist in meiner Tasche, der Inhalt verbrennt mich, als sie darüber spricht, und ich ziehe den Brief und den Umschlag langsam aus meiner Jacke. Er ist offen, zerknittert, aber noch lesbar. „Es war keine Bosheit im Spiel, *Zaya*."

„Nenn mich nicht so!" Sie reißt mir den Brief aus der Hand. „Der gehört dir nicht."

Sie hat recht, der Brief war für sie bestimmt, und obwohl ich ihn genommen habe, um sie zu schützen, verstehe ich, dass sie das nicht so sieht.

Da hilft auch keine Entschuldigung, und ich bin kein Mann, der um Vergebung bettelt. „Du kannst mich hassen, soviel du willst, aber ich habe das Recht, meine Tochter zu sehen."

Sie schüttelt den Kopf, ihre Wangen sind rot. Sie ist feurig und kurz davor, wie ein Vulkan zu explodieren. Ich sollte einen Schritt zurücktreten, mich zurückziehen, eine gemeinsame Basis finden und diesen Streit auf einen anderen Tag verschieben.

Aber ich bin kein Mann, der vor schwierigen Situationen zurückweicht oder sich abwendet. Ich habe täglich mit ihnen zu tun, auch wenn sie normalerweise nicht meine Familie betreffen.

„Du hast kein Recht, Luka!" Hannah schreit mich an.

Ich trete näher, schließe die Lücke zwischen uns und breche den Abstand, während ich sie überrage. Ein kluger Mann wüsste, dass er ihr Freiraum geben sollte, aber ich bin mehr an dem Feuer in ihrem Blick interessiert. Sie wird zerbrechen, und ich werde derjenige sein, der die Scherben aufhebt, auch wenn es bedeutet, dass ich sie zuerst niederreißen muss.

„Ich bin ihr Vater. Das Gericht wird etwas anderes sagen."

Ihr fällt die Kinnlade herunter und sie schubst mich, als sie an mir vorbei in Richtung Küche geht.

„Nur zu, bring mich zum Gericht. Ich werde ihnen die Beweise zeigen, dass du mit dem organisierten Verbrechen zu tun hast. Du wirst Bay nie wieder sehen."

„Du bluffst doch nur. Du hast nichts in der Hand." Ich folge ihr in die Küche und drücke sie mit dem Rücken gegen den Tresen. „Wenn du etwas hättest, glaubst du nicht, dass das FBI oder die Bullen an meine Tür klopfen würden? Bist du deshalb hierher zurückgekommen? Auf der Suche nach Dreck über mich?"

Hannah atmet scharf ein und zittert.

Der Raum ist nicht kalt, nur ihr eisiger Blick, mit dem sie mich angrinst. „Ich hasse dich."

„Sag mir, was ich getan habe, um deine Abscheu zu verdienen?" Ich lege den Kopf leicht schief und starre auf sie herab.

Sie steht mit dem Rücken an der Kücheninsel. Sie blickt an mir vorbei, ihre Zunge streckt sich und streift den Rand ihrer Lippen.

„*Zaya?*" Ich warte auf ihre Antwort. Vielleicht sollte ich sie an alles erinnern, was ich für sie getan habe, wie ich ihr geholfen und sie und unser Kind beschützt habe. „Ich habe dir ein Zuhause geboten, Sicherheit vor einem Mann, der dich eingesperrt hat."

Sie öffnet ihre Lippen und ein schwerer Seufzer entweicht ihr. „Das ist hart."

„Liege ich falsch?"

Hannah kann meinen Blick nicht erwidern. Sie weiß, dass ich recht habe. Ich lege meinen Daumen unter ihr Kinn und lenke ihren Blick zu mir. „Er hat dich verletzt, dich gebrochen und du denkst, ich bin das Monster?"

„Du bist ein Krimineller", sagt Hannah. In ihren blauen Augen glitzert ein Hauch von Angst. Sie hat Angst vor mir. Was habe ich getan, um ihre Angst und ihren Ekel zu verdienen?

Ich werde nicht über meine Verbrechen sprechen, schon gar nicht unter ihrem Dach. Die Kameras funktionieren noch und zeichnen auf. Jeder könnte das Signal abfangen, auch das FBI.

Ich habe zwar nicht gesehen, dass sie zu ihnen gerannt ist, aber ich kann nicht sicher sein, dass sie nicht zusehen. Madisyn hatte Verbindungen zum FBI, auch wenn sie dieses Leben hinter sich gelassen hat, wer weiß, ob sie auch uns hinter sich gelassen haben?

„Du fürchtest mich aus den falschen Gründen", sage ich.

Sie atmet schwer aus und ihre Stirn zieht sich zusammen. Hannah presst ihre Unterlippe zwischen die Zähne, eine nervöse Angewohnheit, die ich viel zu oft bei ihr beobachte. In letzter Zeit war ihr Frust auf Mark gerichtet, was ich noch verkraften konnte, aber dass Hannah mich verachtet, ist etwas ganz Neues und das gefällt mir nicht.

„Wirklich? Aus den falschen Gründen? Sag mir, dass Mark im Unrecht war und du nicht Bratva bist."

Ich werde sie nicht anlügen. Hannah verdient die Wahrheit.

Schweigen ist mein Eingeständnis von Schuld. Ich lasse meine Hand von ihrem Kiefer fallen. Ihr hitziger Blick reicht aus, dass sich mir der Magen umdreht. Ich muss sie nicht zwingen, mich anzuschauen.

„Hast du Mark auch umgebracht?"

„Ich hätte ihn nicht töten müssen. Er ist im Wohnzimmer tot umgefallen." Das ist die Wahrheit. Vielleicht habe ich nicht geholfen, ihn wiederzubeleben, aber das ist kein Verbrechen. Der Mann hatte es verdient zu sterben, und ich hatte Glück, dass es passierte, bevor er Hannah wieder etwas antun konnte.

„Das glaube ich dir nicht", sagt Hannah.

Ich sollte einen Schritt zurücktreten und ihr etwas Raum geben, aber ich tue es nicht. Wenigstens weiß ich, dass sie nirgendwo hingeht, solange ihr Körper an die Insel gepresst ist. Sie kann nicht weglaufen, solange ich sie in meiner Gewalt habe.

Und sie stößt mich nicht weg.

„Ich kann es dir beweisen", sage ich.

Es ist ein Glücksspiel, die Überwachungsaufnahmen zu zeigen. Wir sind in die Wohnung gekommen, um Mark aufzumischen. Aber der Herzinfarkt war nicht unsere Schuld. Ich habe ihn nicht umgebracht.

Ihre Augen flackern. „Wie?" Sie blickt zu mir herüber. Ihre Schultern sind gerade und zurückgezogen. Ihre Haltung ist ein Versuch, sie härter und kühner aussehen zu lassen, nicht im Geringsten zerbrechlich.

„Nachdem du zugestimmt hattest, bei mir einzuziehen, haben wir die Wohnung überwachen lassen. Wir wollten sichergehen, dass Mark seine Sachen packt und geht."

„Es gibt Videoaufzeichnungen von meiner Wohnung?" Ihre Hände erreichen meine Brust und sie stößt mich zurück, während sie von der Theke weggeht und nach den Kameras sucht.

Sie sind nicht zu übersehen. Hightech und Spitzengeräte, die von Regierungsbehörden auf der ganzen Welt eingesetzt werden. Sie waren nicht billig, aber für die Sicherheit meiner Familie ist kein Preis zu hoch.

Ich hole mein Handy aus der Tasche und öffne die Anwendung. Ich bin mir ehrlich gesagt nicht sicher, ob es in meinem Interesse ist, ihr das Filmmaterial zu zeigen. Sie wusste nicht, dass ich in ihrer Wohnung war, als Mark einen Herzinfarkt erlitt, aber dass sie denkt, ich sei der Grund für seinen Tod, weil ich ihn ermordet habe, diese Idee muss verworfen werden.

Ich überspringe den Teil, in dem ich reinkomme, Mark eine Pistole an den Kopf halte und ihm die Nase blutig schlage. Sie muss die Gewalt nicht miterleben. Ich drücke auf Play und reiche ihr mein Handy.

Sie schnappt nach Luft und blickt in die Richtung einer der Kameras und zurück zum Telefon, während sich die Szene abspielt.

Ich trete zögernd einen Schritt zurück.

„Mama?" Bay streckt ihren Kopf aus dem Schlafzimmer.

„Geh zurück in dein Zimmer, Bay!" schimpft Hannah mit ihre Tochter und deutet in Richtung des Schlafzimmers des kleinen Mädchens.

Bay rührt sich nicht von der Stelle. Sie steht in ihrer Latzhose und mit Zöpfen da. Ihre Schuhe hat sie inzwischen ausgezogen, ebenso ihre Socken. Bay muss die Sachen in ihrem Zimmer ausgezogen haben.

„Mir ist langweilig", sagt sie, während sie mit einem breiten Grinsen auf mich zu stapft. „Ich möchte meine Spielsachen."

Hannah hält das Video an, als Bay sich nähert, um sicherzugehen, dass sie nicht mitbekommt, was Hannah auf dem Bildschirm sieht.

Ich beuge mich auf Bays Höhe hinunter und kitzle sie.

„Papa!", quiekt sie und krabbelt in meine Arme.

Ich schlinge meine Arme um den kleinen Tiger und nehme sie in den Arm.

Hannah schaltet den Bildschirm meines Handys aus, weil sie genug gesehen hat. Sie gibt mir mein Handy zurück. Ich bin mir nicht sicher, ob das

Video sie davon überzeugt hat, dass ich nicht der Bösewicht bin, für den sie mich hält.

„Bay, komm her", sagt Hannah.

„Nein!", schreit die Kleine.

Bay schlingt ihre Arme um meinen Hals, und ich schaue Hannah an. „Du solltest auf deine Mutter hören." Ich will Bay zwar nicht gehen lassen, aber ich werde mein Kind auch nicht entführen.

Ich löse Bays Arme von meinem Hals und Hannah tritt vor, hebt Bay vom Boden auf und nimmt sie hoch. „Ich will, dass die Kameras entfernt werden."

„Ich werde die Männer, die die Kameras installiert haben, anweisen , sie zu entfernen", sage ich.

„Und ich will, dass du mir alles zurückgibst, was in deinem Besitz ist, denn es gibt keinen Grund mehr für Bay und mich, bei dir zu wohnen."

Ich schiebe mein Handy in meine Jackentasche. „Nur weil Mark weg ist, musst du das Gelände nicht verlassen."

„Gelände?" Wiederholt Hannah. „Wow. Und ich dachte schon, es wäre nur ein schönes Haus, das

Mikhail gehört. Deshalb wohnst du ja Vollzeit dort, um sein Vermögen und seinen Besitz zu schützen."

Ich ignoriere ihre Bemerkung. Sie ist wütend darüber, dass ich das, was ich tue, geheim halte, aber wie könnte ich es sagen, ohne ihre Sicherheit zu gefährden?

Weiß sie denn nicht, dass ich sie nur beschützen wollte?

„Du solltest gehen", sagt Hannah.

Ich werde nicht lange bleiben, auch wenn ich nicht in ihr Haus eingeladen wurde. „Glaube nicht, dass ich nicht um das Sorgerecht für meine Tochter kämpfen werde."

Ihre Augen zucken. „Luka, bitte." Ihre Stimme bricht, und ich sehe, wie ihre Entschlossenheit schwindet. Wenn ich ihr Bay wegnehme, wird sie mir nie verzeihen.

„Du kannst nicht von mir verlangen, dass ich gehe und mein Kind nicht mehr sehe."

Hannah geht zur Tür und bedeutet mir, dass es Zeit ist, zu gehen.

„Wir werden dieses Gespräch nicht führen", sagt Hannah.

„Gut, wenn du es jetzt nicht willst, werden wir Anwälte und das Gericht einschalten."

„Bitte nicht", flüstert sie.

Ich öffne die Tür. Ich bin aber nicht bereit zu gehen, und ich vertraue nicht darauf, dass sie nicht einfach abhaut. Wenn sie Angst hat, dass ich um das Sorgerecht kämpfe, gibt es ihr ein Motiv, mit meiner Tochter zu verschwinden.

Zwar gibt es bereits Kameras in der Wohnung, aber das hilft mir nicht, Hannah aufzuspüren oder sie zu lokalisieren, wenn sie einen Fuß nach draußen setzt.

Ich kann einen unserer Wachleute bitten, die Wohnung zu überwachen und Hannah zu folgen, wenn sie die Wohnung verlässt, aber für wie lange?

„Du wirst es vielleicht nicht glauben, aber ich habe mich bereits unsterblich in Bay verliebt. Du kannst sie mir nicht vorenthalten."

Hannah schließt leise die Tür, damit wir uns unterhalten können. Sie setzt Bay ab, während das Kind zappelt und zappelt, um sich zu befreien.

Der kleine Tiger knallt gegen meine Beine, wirft mich fast um und kichert, bevor sie beschließt, dass es eine gute Idee ist, wie an einem Baum auf mich zu klettern.

Hannahs Schultern sacken in sich zusammen. „Ich will nicht, dass es einen Sorgerechtsstreit gibt , Luka."

„Ich auch nicht. Ich kämpfe nicht gegen dich und um das volle Sorgerecht. Ich will nicht einmal, dass es ein Kampf wird", stelle ich klar. „Komm mit mir zurück ins Haus, lass uns das, was passiert ist, aufarbeiten und unsere Beziehung gemeinsam regeln."

Sie verschränkt ihre Arme vor der Brust. „Abgesehen davon, dass du mich angelogen hast: Ist es überhaupt sicher für uns, bei dir zu wohnen?"

Es ist viel sicherer, mit mir unter Mikhails Dach zu leben, mit bewaffneten Wachen und einer ehemaligen FBI-Agentin, die auf dem Grundstück wohnt, als in einer Wohnung am anderen Ende der Stadt, in die leicht eingebrochen werden kann.

„Unsere Wachen sind darauf trainiert, jeden im Haus zu schützen. Madisyn war früher FBI-Agentin.

Glaubst du, sie würde mit Mikhail zusammenleben und ein Kind in das Haus bringen, wenn es nicht sicher wäre?"

Hannah schweigt und denkt über meine Worte nach, während sie in Richtung des Flurs schaut. „Du hast Mark wirklich nicht wehgetan?", fragt sie. „Weil du da warst, du hast gesehen, was passiert ist."

Sie muss die Aufnahmen nicht vollständig gesehen haben. Ich habe ihr jedenfalls nicht das Video gezeigt, in dem wir das Gebäude betreten.

„Wir haben die Sanitäter gerufen", sage ich. Das ist die Wahrheit, und wenn sie sich die Aufnahmen angesehen hätte, würde sie sehen, dass wir irgendwann Hilfe gerufen haben. Das war zwar nicht, als Mark auf dem Boden zusammenbrach, aber wir haben einen Krankenwagen gerufen. „Komm nach Hause, Hannah, ich will dir zeigen, was für ein Mann ich bin."

„Anders als ein Monster?"

„Ich habe nie behauptet, etwas zu sein, was ich nicht bin. Du bist zu mir gekommen, um Hilfe wegen Mark zu bekommen."

Sie blickt auf den Boden. „Ich bin zu Madisyn gekommen . Ich wusste nicht, dass du dort sein würdest."

„Habe ich dir jemals wehgetan?", frage ich und fixiere sie mit meinem Blick.

„Nein, ich kenne dich kaum."

Das ist nicht meine Schuld. Sie kann mir nicht vorwerfen, dass sie mich nicht schon früher gefunden hat. „Was willst du wissen?", frage ich.

„Hast du jemals einen Menschen getötet?"

Warum muss sie immer mit den schwierigen Fragen anfangen?

„Ich war in einem Krieg, *Zaya*. Ob mit den Bratva oder für mein Land, Männer sterben. Ich bin nicht stolz auf die Grausamkeiten, die ich ertragen musste, aber ich kann meine Vergangenheit auch nicht auslöschen."

Ist damit ihre quälende Neugierde befriedigt?

„Du bist gefährlich", flüstert sie und starrt mich an.

Sie fürchtet sich vor dem, was sie nicht kennt, nicht davor, wer ich wirklich bin. „Komm nach Hause und lass mich dir zeigen, wer ich bin. Leg mir keine Worte in den Mund, wo du denkst, dass ich so sein muss, weil du sie gelesen oder in Filmen gesehen hast. Habe ich dir jemals körperlich wehgetan? Habe ich dich jemals angefasst?"

Hannah schweigt, als sie merkt, dass ich nicht die Bestie bin, für die sie mich gehalten hat.

„Mark war ein noch größeres Monster als ich, nicht weil er uns Geld abgeknöpft hat, sondern wegen dem, was er dir angetan hat. Die blauen Flecken gehen vielleicht weg, aber Mark hat Narben hinterlassen, die Zeit brauchen, um zu heilen."

Bay drückt meine Wangen zusammen, wie einem Fisch, zerquetscht mein Gesicht und kichert. Das Kind scheint die Spannungen zwischen uns nicht zu bemerken, oder vielleicht versucht sie, alles besser zu machen.

Wenn es Letzteres ist, muss ich sie loben.

Ein tiefes Schweigen legt sich über uns. Hannah muss wissen, dass ich Recht habe und dass ich sie und mein Kind nur beschützen wollte.

„Lüge mich nie wieder an", sagt Hannah.

EINUNDZWANZIG

Hannah

Luka ist bereit, nach Hause zu gehen. „Du kannst gehen. Ich treffe dich auf dem Gelände", sage ich.

Er wirft mir einen Blick zu, aber ich ignoriere ihn. Ich sehe mich immer noch nach den Kontopapieren um, die Mark hinterlassen haben muss.

„Das wird nicht passieren", sagt Luka.

Mein ursprünglicher Plan war, Mikhail und seinen Männern das Konto mit dem Geld anzubieten. Im Gegenzug würden sie Bay und mich in Ruhe lassen.

Aber das scheint unwahrscheinlich. Luka ist fest entschlossen, Bay in seinem Leben zu behalten, und ich verstehe, was er meint. Sie ist bereits in ihn verliebt, und er ist ihr biologischer Vater.

Das ist es, was ich wollte: dass er an ihrem Leben teilnimmt—an unserem Leben.

Aber seine Verwicklung in das organisierte Verbrechen beruhigt meine Nerven und meine Angst nicht. Wie soll ich einfach wegschauen? Was ist mit der Sicherheit meiner Tochter? Ich könnte niemals mit mir selbst leben, wenn ihr etwas zustoßen würde.

„Dann hilf mir mal", sage ich.

„Wonach genau suchen wir?", fragt er und setzt Bay auf dem Sofa ab. Sie klettert herunter und klammert sich an seine Beine. Sie sind unzertrennlich, und das erst seit ein paar Tagen.

„Daddy." Bay klammert sich an seine Beine und er hebt sie in die Luft und dreht sie auf den Kopf, bevor er sie wieder auf das Sofa setzt. „Schon wieder."

„Schon wieder?", fragt Luka und schenkt Bay seine ungeteilte Aufmerksamkeit. Er lächelt, seine Augen leuchten, und es ist ehrlich und aufrichtig. Zweifellos liebt er meine Tochter—seine Tochter.

Es ist, als hätte Bay erkannt, was sie verpasst hat, und holt es nach, indem sie seine Aufmerksamkeit in jeder Sekunde stiehlt, die sie bekommt. Sie ist noch zu jung, um zu verstehen, warum er nicht da war, und wenn ich gehe, wird sie unweigerlich verletzt.

Das möchte ich Bay nicht antun, und ich wage es zuzugeben, dass ich Luka nicht aus unserem Leben haben will. Ich brauche einfach Stabilität. Ich kann nicht ständig über die Schulter schauen und mir Sorgen machen, dass wir in Gefahr geraten könnten, weil es Männer gibt, die ihn tot sehen wollen.

Ich hoffe, ich liege falsch und es sind nur meine Ängste und Unsicherheiten, die dem im Weg stehen, was sein könnte.

„Hannah?"

„Oh, richtig." Ich habe bereits den Schreibtisch, den Couchtisch und die Fernsehkonsole durchforstet. Auch die Schubladen im Schlafzimmer waren leer. „Wenn Mark Geld von Mikhail gestohlen und ein Auslandskonto hat, gäbe es dann nicht auch Papierkram?"

Luka hebt Bay in die Luft und dreht sie noch einmal um, bevor er sie anmutig auf das Plüschsofa fallen lässt. „Es könnte auch auf einem Laptop, einem USB-Stick oder einem Cloud-Server sein. Es gab keinen Grund, die Dokumente auszudrucken, es sei denn, er benötigte Kopien weil er aus dem Land fliehen wollte."

„Er hat erwähnt, dass wir wegen seines Jobs umziehen." Ich fasse mir an den Nasenrücken. Mein Kopf brummt und ich könnte eine große Dosis Koffein gebrauchen, um eine bevorstehende Migräne abzuwehren.

„Vielleicht hat er die Dokumente doch ausgedruckt. Wo bewahrt er seinen Reisepass auf?" fragt Luka.

„In der obersten Schublade seines Schreibtischs, aber die Pässe und Papiere sind nicht da. Meine sind auch weg", sage ich.

Sein Kiefer krampft sich zusammen und er ist so mürrisch, wie er aussieht.

„Was ist los?", frage ich. Mir dreht sich der Magen um. Was weiß er noch ?

„Es könnte nichts sein. Ich rufe Mikhail an und lasse einen seiner Männer das Büro überprüfen, in dem Mark früher gearbeitet hat."

„Warum?"

„Du wolltest zwar nicht das Land verlassen, aber ich vermute, dass Mark vorhatte, zu fliehen und euch beide mitzunehmen."

Ich bin fertig mit der Durchsuchung der Wohnung, wenn Luka nicht glaubt, dass das, was er sucht hier ist. Ich lasse mich auf das Sofa plumpsen. „Warum bringst du die Dokumente ins Büro? Welchen Zweck sollte das erfüllen?"

„Vielleicht brauchte er sie, um Flugtickets zu buchen. Natürlich hätte er auch einfach ein Foto mit seinem Handy machen können, um die Informationen festzuhalten, aber niemand hat behauptet, Mark sei schlau."

Luka setzt Bay neben mich auf das Sofa und sie klettert auf meinen Schoß. Das Mädchen hat unendlich viel Energie. Wenn ich auf der Arbeit bin, ist sie normalerweise im Kindergarten und trifft sich mit anderen Kindern in ihrem Alter.

„Wie wäre es, wenn wir nach Hause gehen?" sagt Luka.

Auch wenn ich mich in seiner Wohnung noch nicht ganz zu Hause gefühlt habe, weckt die kalte

Wohnung Erinnerungen an Marks Drohungen und seinen kürzlichen Tod auf dem Wohnzimmerboden.

Und obwohl ich es mir vorher nur eingebildet hatte, reicht ein Blick auf das Video, um mir Albträume zu bereiten.

Ich kann hier nicht leben.

„Okay", sage ich und hebe Bay hoch, wobei ich auf ihre nackten Füße hinunterschaue. „Wo sind deine Schuhe und Socken, kleine Miss?"

„Ich bin ein Tiger", sagt Bay und zeigt mir ihr größtes Brüllen und ihre größte Handbewegung, um ihre Stärke zu beweisen.

„Hast du ihr das beigebracht?" Ich kichere und schaue Luka an, der mir in ihr Zimmer folgt und ihre Schuhe und Socken vom Boden aufhebt.

„Ich habe ihr wohl den Spitznamen Tiger verpasst."

„Und was ist mit mir? Was bedeutet *Zaya*?" frage ich. Ich bin mir sicher, dass es ein Kosename ist. Ich habe nur noch nicht herausgefunden, was es bedeutet.

Luka grinst, seine Augen glänzen und funkeln vor Vergnügen. „Ich kann nicht alle meine Geheimnisse verraten."

ZWEIUNDZWANZIG

Hannah

Einige Monate später...

„Oh Scheiße!" Madisyns Stimme schallt durch den Flur von Steele Concierge Medical.

Ich eile um die Ecke und bevor ich sie fragen kann, was los ist, wird mir klar, dass sie in den Wehen liegt. Der Boden zu ihren Füßen ist glänzend und nass. Ihre Fruchtblase ist geplatzt.

„Du musst Mikhail anrufen", befiehlt Madisyn zwischen den Wehen. Ich habe Mikhails Telefonnummer nicht auf meinem Handy, und jetzt scheint auch nicht der richtige Zeitpunkt zu sein, danach zu fragen.

Sie konzentriert sich auf ihre Atmung, und ich bringe sie nach unten in den Kreißsaal. Die chirurgische Abteilung ist kein Ort, an dem eine Frau gebären sollte, ich bin zwar Krankenschwester, aber ich werde Madisyns Neugeborenes nicht auf die Welt bringen.

Ich habe nur Lukas Telefonnummer gespeichert, und als ich den Aufzug betrete, nimmt er den Anruf entgegen.

„Hallo?"

„Ist Mikhail bei dir?"

„Ja", sagt Luka. „Warum? Was ist los?" Sein fröhliches Hallo hat sich in Besorgnis verwandelt.

„Nichts", sage ich, weil ich ihn nicht beunruhigen will.

„Es ist nicht nichts!" Madisyn schreit auf, als sie sich an der Aufzugwand festhält, und der Telefonempfang wird lückenhaft.

Ich nehme das Telefon, um zu sehen, ob ich den Anruf verloren habe. Noch nicht, aber es ist schwer, etwas zu hören. Sobald wir im Erdgeschoss angekommen sind und sich die

Doppeltüren öffnen, ist Luka wieder in der Leitung.

„Madisyn liegt in den Wehen", sage ich.

„Das weiß ich von ihren Schreien", sagt Luka. „Wir sind auf dem Weg ins Krankenhaus. Bleib bei ihr, bis wir da sind."

Wo soll ich denn sonst hin?

„Kannst du Bay vom Kindergarten abholen?", frage ich.

„Nachdem ich Mikhail im Krankenhaus abgesetzt habe", sagt Luka. „Wir sind schon im Auto und auf halbem Weg dorthin."

Ich mache mir nicht die Mühe zu fragen, was sie vorhatten; ich weiß, dass ich nicht über ihre Geschäfte reden sollte.

Ich will es auch gar nicht wissen. Das ist die Vereinbarung, die wir getroffen haben. Er würde seine geschäftlichen Verpflichtungen für sich behalten, um Bay und mich zu schützen.

Obwohl er schwört, dass ich mir zu viele Sorgen mache.

Und er könnte recht haben.

Madisyn wird von einer Krankenschwester weggebracht, und ich folge ihr in den Flur, weigere mich aber, von ihrer Seite zu weichen. „Willst du mit Mikhail sprechen?", frage ich und lasse sie allein, während die Krankenschwester ihr hinter einem Vorhang beim Anziehen eines Krankenhauskittels hilft.

„Wird er nicht kommen?" Ihre Stimme hebt sich um eine Oktave und die Krankenschwester zieht den Vorhang auf, zieht das Krankenhauskleid an und legt Madisyns Kleidung mitten auf den Boden.

„Er ist auf dem Weg."

„Dann sag ihm, er soll sich beeilen!" Bei einer weiteren Wehe stöhnt sie auf und krümmt sich vor Schmerzen.

„Du kommst besser her, bevor das Baby kommt", sage ich.

„Ja, Chef", scherzt Luka mit mir, bevor er das Gespräch beendet.

Die Krankenschwester prüft Madisyns Vitalwerte. Ich gebe ihr ein paar Minuten Zeit, während ich ihre schmutzigen Sachen vom Boden aufhebe, sie in eine Plastiktüte packe und dann einen Blick auf den Flur werfe. Mikhail ist noch nicht zu sehen.

„Ist er hier?", fragt Madisyn und blickt mich vom Bett aus an.

„Er wird kommen", sage ich und versichere ihr, dass alles in Ordnung ist . Mikhail wird die Geburt seines ersten Kindes auf keinen Fall verpassen, egal was passiert.

Ich traue mich nicht zuzugeben, dass ich eifersüchtig bin, dass Luka bei Bays Geburt nicht dabei war. Es ist weder seine noch meine Schuld. Ich habe versucht, ihn ausfindig zu machen, aber es war schwierig, ihn zu finden.

Und jetzt möchte ich nirgendwo anders sein als bei ihm. Seit Marks Tod haben wir es langsam angehen lassen, was das Beste war. Sich Hals über Kopf in eine Beziehung zu stürzen, mag sich anfangs gut angefühlt haben, aber wir müssen beide an Bay denken. Und weil wir kaum etwas übereinander wissen, ist es schwer, keine Lust zu empfinden.

Und Lust ist nicht von Dauer. Mit Luka will ich mehr. Für immer.

„Ich bin hier!" Mikhail stürmt ins Zimmer, drängt sich an mir vorbei und nickt mir zu. „Danke", flüstert er und eilt an Madisyns Seite, um ihre Hand zu nehmen.

Ich möchte mich nicht aufdrängen. Leise trete ich in den Flur. Ich bin in der Nähe ihres Zimmers , falls Madisyn etwas benötigt , aber sie hat Mikhail, die Krankenschwestern und den Arzt.

Ich gebe ihr Raum, Privatsphäre und Zeit, damit sie sich aneinander gewöhnen können. Bald werden es drei sein und ihr Leben wird sich für immer verändern.

———

„Habe ich die Geburt verpasst?", fragt Bay, als Luka sie den Korridor entlang trägt. Sie kuschelt mit einem Stoffteddy aus dem Geschenkeladen, an dessen Ohr noch das Etikett hängt.

Ich habe das Gefühl, dass sie sich das Geschenk für das Baby geschnappt hat, aber wenn ich recht habe, wird Bay sich nicht von ihm trennen wollen.

„Glaubt mir, ihr wollt es nicht sehen", scherze ich und lächle Luka und Bay an. „Danke." Ich weiß es zu schätzen, dass er sich die Zeit genommen hat, sie abzuholen, da er mit Mikhail bereits zum Concierge Center unterwegs war.

„Natürlich. Wie geht es ihr?" fragt Luka.

„Madisyn oder dem kleinen Mädchen?", frage ich.

Luka lächelt ein echtes Grinsen. „Wow. Mikhail muss überrascht sein. Er hat geschworen, dass es ein Junge sein wird. Ich hätte seine Wette annehmen sollen."

„Aber du bist ein guter Mann", sage ich, stelle mich auf die Zehenspitzen und küsse ihn. „Und willst du wirklich deinen Chef verärgern?"

„Gutes Argument."

„Mama!" Bay streckt ihre Arme aus, um von Luka herunterzukommen, während sie wie ein Äffchen auf mich klettert.

„Wie war es im Kindergarten? Hattest du Spaß?" frage ich.

„Kann ich eine kleine Schwester haben?", fragt Bay.

„Das ist eine interessante Frage", sagt Luka mit einem schiefen Grinsen im Gesicht.

„Hast du Bay dazu angestiftet?"

Luka hebt seine Hände zur Kapitulation. „Ich berufe mich auf den Fünften."

EPILOG

Luka

Sechs Wochen später...

„Bist du sicher, dass du meine Hilfe willst?", fragt Madisyn, als wir die Diamantringe hinter der Schmucktheke anstarren. Das ist schon der fünfte Laden, in dem wir heute Nachmittag waren .

Abgelenkt blickt sie auf ihr Handy.

„Hannah und Mikhail können sich um Kira kümmern." Es ist keine Überraschung, dass sie sich Sorgen macht. Es ist das erste Mal, dass sie das Baby allein lässt, obwohl es eigentlich nicht alleine ist. Sie hilft mir, einen Verlobungsring für Hannah zu kaufen.

„Ich habe Kira noch nie alleine gelassen."

„Glaubst du, Mikhail kommt mit dem Baby nicht zurecht?", frage ich.

„Nein, er ist sehr fähig. Ich vermisse sie nur jetzt schon."

„Gut, dann hilf mir, einen Verlobungsring auszusuchen, und wir können nach Hause fahren."

Sie lacht. „Das könnte ein ganzes Leben dauern, wenn wir so weitermachen wie bisher. Weiß Hannah, dass wir nach Ringen suchen?"

Ich halte inne, als ich den perfekten Ring sehe und bitte den Juwelier, ihn hinter dem Glas hervorzuholen.

„Sie weiß nicht einmal, dass ich ihr einen Antrag machen will."

„Details!" Madisyn fällt fast in Ohnmacht. „Ich warte immer noch darauf, dass Mikhail mir einen Antrag macht. So lange ist es noch nicht her, ihr beide seid erst seit ein paar Monaten zusammen. Meinst du nicht, dass es zu früh ist?"

Sie starrt auf den Verlobungsring, den der Juwelier aus der Schatulle holt.

„Hör auf, mir kalte Füße zu machen. Ich liebe Hannah und möchte den Rest meines Lebens mit ihr und Bay verbringen. Außerdem erwarten wir noch ein Baby, und bevor das Kleine da ist, möchte ich es offiziell machen."

Hannah war zwar schon einmal verlobt, mit Mark, aber sie wollte ihn nur aus Gründen der Stabilität heiraten, nicht aus Liebe. Ich habe diese Vorbehalte gegenüber unserer Beziehung nicht. Sie hat mir klargemacht, dass sie mich liebt, in- und außerhalb des Schlafzimmers.

Ich habe nicht das Problem wie Mark, dass ich sie nicht dazu bringen kann, meinen Namen in Ekstase zu schreien. Nein, es ist genau das Gegenteil. Es ist schwer, sie ruhig zu halten, wenn ich sie zum Höhepunkt bringe, damit sie nicht das ganze Gelände aufweckt.

„Wie wirst du den Antrag machen?", fragt Madisyn.

Ich betrachte den Ring und bin mir sicher, das er an Hannahs Hand fantastisch aussieht. Er ist aus Weißgold und wunderschön, mit einem großen Diamanten in der Mitte und kleineren Diamanten rund um den Ring. Der Ring kostet mich mehr, als ich ausgeben möchte, aber sie ist jeden Cent wert.

„So weit bin ich noch nicht gekommen", sage ich. „Glaubst du, sie würde eine große Geste bevorzugen oder etwas Kleines und Privates?"

„Hannah scheint eher der Typ für einen kleinen, privaten Antrag zu sein, aber ich will die große Geste, wenn Mikhail fragt."

„Ich werde es ihm auf jeden Fall wissen lassen." Ich lache und rolle mit den Augen. Ich schaue mir den Ring noch einmal genau an und vergewissere mich, dass er makellos ist. „Ich nehme ihn."

––––––––

Danke, dass du Böser Boss gelesen hast. Ich hoffe, dir hat die Geschichte von Luka und Hannah gefallen. Setze das Abenteuer mit Nikita und Lucy in Besitzergreifender Boss fort.

Lucy Quinn

Ich habe in meinem Leben schon ein paar schlechte Entscheidungen getroffen. Ganz oben auf der Liste steht der Versuch, die russische Bratva auszurauben. Ich war mir nicht bewusst, wen ich ausrauben wollte und worauf ich mich einließ, bis es zu spät war.

Die bewaffneten Wachen am Eingang hätten ein Zeichen sein müssen, wegzugehen.

Aber jetzt kann ich nicht mehr gehen.

Ich stecke tief in den Fängen der Bratva und bin gezwungen, für sie zu arbeiten, unter Nikita Krylova.

Nikita Krylova

Die kleine Hitzköpfige dachte, sie könnte mich bestehlen, uns blindlings ausrauben und müsste nicht bestraft werden.

Zum Glück hat mir Mikhail Barinov, der Pakhan, die Entscheidung überlassen, wie ich mit unserem kleinen, 1,60 m großen, dunkelhaarigen und grünäugigen Problem umgehen soll.

Sie ist angriffslustig, frech und unverschämt.

Ich bin genau der richtige Mann, um sie zu zähmen.

Sie zu brechen.

Und sie mir zu eigen machen.

Besitzergreifender Boss ist das dritte Buch der Bratva-Brüder-Reihe. Es kann als eigenständiges

Buch gelesen werden und enthält keinen Betrug, keinen Cliffhanger und ein glückliches Ende für alle.

WERBEGESCHENKE, KOSTENLOSE BÜCHER UND MEHR GOODIES

Ich hoffe, dass dir Böser Boss gefallen hat und du die Geschichte von Luka und Hannah magst.

Melde dich für meinen Willow Fox Newsletter an

Wenn dir Böser Boss gefallen hat, nimm dir bitte einen Moment Zeit, um eine Rezension zu hinterlassen. Rezensionen helfen anderen Lesern, meine Bücher zu entdecken.

Du weißt nicht, was du schreiben sollst? Das ist okay. Er muss nicht lang sein. Du kannst erzählen, wie du mein Buch entdeckt hast: War es eine Empfehlung von einem Freund oder einem Buchclub? Lass die Leserinnen und Leser wissen, wer dein

Lieblingscharakter ist oder was du gerne als Nächstes sehen würdest.

Vielen Dank fürs Lesen! Ich hoffe, dass du dich in meine Mailingliste einträgst, damit ich dich über kostenlose Bücher, Werbeaktionen, Werbegeschenke und Neuerscheinungen informieren kann.

ÜBER DIE AUTORIN

.

Willow Fox liebt das Schreiben seit ihrer Highschoolzeit (vor vielen Jahren). Ihre Kleinstadtromane spiegeln das Leben in einer Kleinstadt im ländlichen Amerika wider.

Egal, ob sie Liebesromane schreibt oder draußen am Lagerfeuer sitzt und ein gutes Buch liest, Willow liebt die Magie des geschriebenen Wortes.

Sie träumt davon, von den Füßen gerissen zu werden und hofft, dass sie das auch bei ihren Lesern erreichen kann!

Besuche ihre Website unter:

https://authorwillowfox.com

AUCH VON WILLOW FOX

Eagle Tactical Serie

Enthüllt: Jaxson

Verheimlicht: Mason

Versteckt: Lincoln

Verborgen: Jayden

Mafia Ehen

Geheimes Gelübde

Gefangenschafts Gelübde

Wildes Gelübde

Widerwilliges Gelübde

Rücksichtsloses Gelübde

Gebrüder Bratva

Brutaler Boss

Böser Boss

Besitzergreifender Boss

Zwanghafter Boss